热血风华

谨以此书献给
共和国70周年华诞

单荣光／著

中国华侨出版社
·北京·

图书在版编目（CIP）数据

热血风华 / 单荣光著 . —北京：中国华侨出版社，2019.8

ISBN 978-7-5113-7874-3

Ⅰ . ①热… Ⅱ . ①单… Ⅲ . ①长篇小说－中国－当代

Ⅳ . ① I247.5

中国版本图书馆 CIP 数据核字（2019）第 119205 号

热血风华

著　　者 / 单荣光

责任编辑 / 姜薇薇　桑梦娟

责任校对 / 孙　丽

经　　销 / 新华书店

开　　本 / 670 毫米 × 960 毫米　1/16　印张 /15　字数 /170 千字

印　　刷 / 三河市华润印刷有限公司

版　　次 / 2019 年 8 月第 1 版　2019 年 8 月第 1 次印刷

书　　号 / ISBN 978-7-5113-7874-3

定　　价 / 42.00 元

中国华侨出版社　北京市朝阳区静安里 26 号通成达大厦 3 层　邮编：100028

法律顾问：陈鹰律师事务所

编辑部：（010）64443056　　64443979

发行部：（010）64443051　　传真：（010）64439708

网　　址：www.oveaschin.com

E-mail：oveaschin@sina.com

一 序 一
热血唱响保险大风歌

　　银行与保险都属于金融系统，但业务却有不同的范畴。我从事银行工作几十年，对银行业比较了解，而对保险业，相对来说还不是很熟悉，尽管目前银行业和保险业的监管机构已经合并了。当人保财险海南省分公司原总经理单荣光先生将《热血风华》的书稿寄给我，并希望我写个序言的时候，说实话，我有点犯难了。可是，我一口气读完《热血风华》后，还是决定写这个序。

　　《热血风华》的男主角梁志亮，是一位从部队转业来江海保险公司的保险员，故事以梁志亮与同事的创业发展作为主线，展现了在改革开放、时代变迁的大背景下，江海城市的变化和身处其中的人们思想的碰撞，命运的转折。故事发展过程中，主人公身上始终澎湃着军人的豪迈激情，闪现着当年保险人在初建特区时的"拓荒牛"精神。也许是粤东大地的乡土赋予他自强不息的灵感，也许是潮起潮落的大海给了他恒久的动力，让他从农村到广西，从战士到保险员，务农、当兵、做保险，像背负五彩梦想的行者，一直行走在路上，一步也没停歇。他或跌宕或酸楚的人生经历和追求是与常人有别的。比如说，他始终没有忘记自己是农民的孩子，他用自己的辛勤努力，替父母分担困难，帮助弟妹到江海谋生发展。他曾经羡慕当时香港人的生活，并和村里几个青年铤而走险地踏上私渡香港之路。他当兵后，在部队这个大熔炉里得到了锻炼成长，他参加对越自卫反击战，在这场战争中他的三位战友牺牲了，永远长眠在广西边境，战争的烽火练就了他坚强的性格，陶冶了他乐于吃苦、无私奉献的精神情操，而在没有硝烟的保险战场上，他从一个保险门外汉，成为保险的行家里手。他敢于打破传统观念，进行一系列改革创新，为方便客户，他在口岸设立服务点。他在处理交通事故的理赔中，帮助出险客户解决疑难问题，既不乱赔又不惜赔，推出江海市交通事故医疗担保卡。他一心扑在工作上，使江海市的人保公司业务风生水起。然而，老话说，木秀于林风摧之，有人写匿名信举报他，说他在处理被盗车辆的过程中贪污了几千万，这可了得，江海市检察院专门成立了专案组，对他进行了无数次的审问，好在专案组经过调查后，发现梁志亮一点问题都没有，完全是诬告，最终撤了案，还了他一个清白。树正不怕影斜，这句话梁志亮实在体味太深了。在江海这块沃土上不仅让他的才华得到了施展，更让他的人生价值得以实现，获得了美好的爱情，虽然生活条件很艰苦，工作环境也很差，但他和妻子李海丽患难与共，风雨同舟，过着平凡但不平淡的温馨日子。他是一位真正的好儿子、好兄长，好丈夫，好父亲。梁志亮始终明白自己所肩负的使命，他勇当"拓荒牛"、改革者，陪伴客户渡过的难关越多，就越深刻地感受到保险业的崇高。他凭着自己不懈的努力，走上了人生的高度，真可谓"海阔天作岸，山高人为峰"。

　　大家都知道，所谓保险，就是聚多家之财救一家之难。它最大限度地保护了我们的人身安全，甚至维护了社会的稳定。它帮助人们未雨绸缪，在旦夕祸福之间，有尊严地面对困难和灾难。这是个简单的道理，而在 20 世纪 80 年代初，人们对保险这一"舶来品"知之甚少，十分陌生，一谈保险，便认为不吉利，甚至反感，保险从业人员在很多时候是让人很排斥的，很多人在经历了身边的亲朋好友离去时，才会有比较深刻的体会，才感觉到原来保险有那么多的好处。而在改革开放的特区前沿，保险意识淡薄的现象同样存在，要在这片热土上撒播保险的种子真的太难了。正是许许多多像梁志亮一样的保险人，顶风冒雪，走街串巷，通过履行保险人的责任，帮助数万家企业在灾后恢复生产，帮助数十万家庭获得重建家园的力量。他们使保险走进千家万户，成为朝阳事业。

40年时间不算长，然而江海却发生了翻天覆地的变化。昔日的边陲小镇变为繁华市街，万间竹棚变成摩天大楼，车水马龙换下了铁犁牛耕，工地打桩机林立的图景被写字楼里昼夜不灭的灯火所代替。如果说，江海早期的开拓，在一张白纸上画出了最新最美的图画；那么江海保险的改革、创新、发展，则是给这座城市增辉添彩。时间在流逝，但江海保险人艰苦创业和艰苦奋斗的精神没有弱化，敢为天下先的"拓荒牛"精神依然旺盛，魅力四射。我们要继续发扬"拓荒牛"精神，将艰苦奋斗的优良传统一代一代传下去。

单荣光先生生于1957年，是所谓"生在红旗下，长在新社会"的一代，经历了60多年的风风雨雨，见证了其中的是是非非苦辣酸甜，可谓五味杂陈滋味万千，他是这个时代的见证人之一。更难能可贵的是，他有梁志亮类似的经历，他在几十年的保险生涯中积累了丰富的经验，他在深圳特区从事保险业多年，也是特区保险的"拓荒牛"，他的文字里无不体现和包含着时代的烙印，反映着自己的成熟，社会的变迁，特区的成长，国家的发展。人们从字里行间感受到历史的韵味和足迹，同时也看到单荣光先生所亲身经历和磨砺历练的影子，体现了20世纪五六十年代生人的责任与担当，他们总是在行动中感恩，在感恩这个时代中收获幸福。这正是60多年潮来潮去其来有自，刹那间云卷云舒播散无端。

单荣光先生的这书本取名《热血风华》，看似平淡无奇，实则意味深远，往往最简朴的语言蕴含着最深刻的意境。人的一生在告别这个世界前若留下热血风华，不是更有意义吗？我最欣赏单荣光先生用笔的朴实自然和细腻传神，在貌似平淡的叙述中隐藏着一股强大的气场，书写主人公点点滴滴的生活细节及淡泊如菊的人生感悟，向上、向善、向美的追求溢于笔端。作者丰厚的人生阅历，诚挚敦厚的笔触，激情与质朴碰撞，朴实与情怀交融。让我们在涓涓细流中，感受满满正能量，无论是在语言个性、文风个性，还是在情感个性、思想个性上，都以耀眼的文字，为中国金融文学留下一笔抹不去的光彩。

据我所知，在中国金融作协系统，保险从业者写小说的人不多，《热血风华》的写作和出版，在金融界和社会各界引起了好评，我感到很欣慰。在当下，单荣光先生能沉下心来写一本有珍藏价值的书，太难能可贵了。

"远上寒山石径斜，白云生处有人家。停车坐爱枫林晚，霜叶红于二月花。"在寒气袭人的北京，在高楼大厦林立之间，我手捧单荣光先生的《热血风华》，仿佛吸吮一片"霜叶"，清香润肺，让我陶醉而清醒。

最后，我用一句话与单荣光先生共勉：天行健，君子以自强不息。地势坤，君子以厚德载物。

阎雪君[1]

2019 年 3 月 29 日

于北京金融街

---

[1] 阎雪君，1968 年 2 月 14 日生，汉族，山西省大同人；现任中国金融作家协会主席，中国金融文联副主席，中国作家协会全国委员会委员。著有长篇小说《原上草》《今年村里唱大戏》《性命攸关》《天是爹来地是娘》等，中、短篇小说 50 多篇，长篇报告文学 30 多篇等；主编《中国金融文学》杂志、《中国金融作家作品选》等。

目录

contents

第一章　惜别战友

1984 年年初的一天。

泛蓝的天幕上，晚霞刚刚消失。原野上，入夜的小动物们开始了春夜奏鸣曲。例如，草蜢、蜘蛛、蟋蟀、蛐蛐、蝙蝠等小动物们，展开美妙的歌喉，施开欢乐的舞姿，迫不及待地等待着春天的来临。

华灯初上。晚 8 点时分，在风光秀丽的海滨城市的东南角，驻军某部师机关的礼堂里，传来阵阵的欢笑声。原来该部队后勤部 28 岁的年轻军需助理员梁志亮和其他几名干部，明天就要离开军营转业回地方了，部队领导特别安排了今晚的欢送晚会。来自机关各部门的干部战士以及部队首长欢聚一堂，共同畅叙一起战斗生活的难忘岁月。晚会由部队政治部陈主任主持，王政委出席并讲话。王政委说："同志们，今天我们在礼堂举行转业干部回地方工作送别晚会。今天是一个值得我们纪念的日子，今天的晚会也是一个值得我们共同珍惜的晚会！同志们也都知道，明天离开部队的几位同志，是我们部队建设的重要骨干，他们当中，有参加过援越抗美斗争和卫国戍边的英雄，有在部队建设中做出卓越贡献的模范标兵，他们是我们并肩生活、共同战斗的亲密兄弟，是生死与共的革命战友。俗话说'铁打的营房，流水的兵'，明天，梁志亮、马应云、欧绍忠、彭向军4位同志，就要服从革命工作需要，响应党的号召转业到地方工作了。尽管我们彼此都难舍难离，但这是党的安排，是社会主义建设的需要，作为革命军人应该义不容辞，勇马当先，在这里我衷心地祝愿梁志亮等4位同志，到地方后要发扬人民军队的光荣传统，不怕苦不怕难，努力工作争取最优越成绩，为军队争光，为人民再立新功！"

王政委简短又充满战斗激情的讲话，不但句句打动着梁志亮，而且还一下子把他的思绪带回到那战火纷飞的岁月……从11年前的援越抗美斗争，到5年前的自卫反击战，像电影一样不断反复浮现于脑海，一幕幕一件件，枪林弹雨、剑影刀光的场面，无不惊心动魄；多少并肩战斗的兄弟在身边倒下，又有多少战友战伤致残致丧失生活自理能力……想起这些，梁志亮不禁悲泪欲滴。今天，梁志亮深感自己是幸运的，在与外敌较量的年代，能平安闯过，世界上还有什么比今天坐在这里更幸福的？

正当梁志亮沉默在思绪万般交集之时，王政委讲完话后的热烈掌声，惊醒了他，这时政治部陈主任接着说："刚才政委的讲话道出了战友间的无限情谊，也对即将到地方工作的几位同志寄予了莫大期望，我相信梁志亮等4位同志，会继续保持人民军队良好的思想品质，在新的岗位上取得更大的成绩，为党和人民再立新功。"陈主任讲话完毕后，参谋长和后勤部长也分别作了简短的发言。晚会上大家踊跃发言，共同回顾一起走过的峥嵘岁月，抒发生死与共的兄弟情怀。

在热烈的掌声中，梁志亮满怀激情地说："尊敬的首长和各位战友，在即将离开部队，离开朝夕相处的首长和战友们的时候，我的心情无比沉重，11 年的部队战斗生活，血与火的战争磨炼，在党的领导下，在首长和战友们的教育帮助下，将我这个昔日的乡间少年，培养锻炼成一名中国人民解放军军官，成长为一名优秀的革命军人，在这里我要衷心地感谢党，感谢教育我、信任我、帮助我、成就我的部队领导和战友，向你们致以崇高的革命敬礼！明天我和其他几名战友，就要奔赴新的战场，就要到一个全新而又陌生的环境，就要离开朝夕相处的战友。此时此刻我的心情是复杂的，同时又是充满感激的，我将以百倍的勇气和信心迎接新的挑战，也将以优异的成绩，来报答我的娘家——中国人民解放军！"梁志亮深情的发言表述，再次赢得了热烈掌声，标准的军礼表达了这位年轻军人的深情厚意和钢铁般的决心。

整个欢送晚会都沉浸在热烈而又依依不舍的气氛之中，直到晚上 10 时才结束。伴着熄灯号音，梁志亮拖着略有倦意的身体，简单洗漱，收拾了一下，也躺上了床。但是晚会上的情景，战友们的难舍情谊，还在他的脑海里不断回荡，使他久久不能入睡，辗转反侧，百感交集。入夜的军营万籁俱静，营区内的小米兰、桂花树、夜来香不时地散发出淡淡芳香，令人心旷神怡，空气也显得格外清新。每隔一个小时警卫换哨，会传来低沉的口令声，使人有一种安全无忧的踏实感，这是军营的特有风景。

不知不觉晨曦将至，时针 6 时正，嘹亮的军号声，划破天际，起床号已响，军人号音就是命令，随着号令响起，瞬时间灯光四射，整个营区顿时紧张起来，不到 10 分钟，警通连已集合完毕，整齐的操步发出有节奏的旋律，指挥员的号令声，战士们的口号声，响彻营区，给予人们信心和力量。梁志亮习惯性地迅速起床，随即洗漱收拾完毕，快步走到食堂，简单吃了早餐，这时负责护送的汽车已停放待命。

首长考虑到安全问题，梁志亮转业到地方还专门安排了汽车，并派了两名战士一起前往，部队领导想得真周到，这使梁志亮无比感激，无比温暖。因为大部分行李昨天已装上车，吃完早餐后，梁志亮回到宿舍，定神地扫视四周，仿佛有尚未完成的工作要做，其实所有事情这几天都已陆陆续续收拾妥当，只是临行前还是舍不得居住多年的营房罢了。这时只听到宿舍外响起全队集合的声音，原来按计划梁志亮离队出发时间已到，机关的干部已列队等候与他做最后的道别。

尽管梁志亮依依不舍，也不得不拿起背包，转身迈出了宿舍大门，大步向着集合地点走去，只见干部们在机关协理员梁向兵的指挥下，已整齐列队等候着。这时和他一道出发的王班长迅速接过他的背包，梁志亮操着军人标准步伐向队伍走去。走到梁向兵面前，他举起右手行了个标准军礼。礼毕后他紧紧地握住梁向兵的手，激动地说:"同志们太客气了,非常感谢同志们!"这时全队人员热烈而有节奏地鼓起掌来。同梁向兵道谢后,梁志亮向队列走去,从队伍前排至最后一排逐一与战友握手道别。他含着热泪激动地说:"感谢大家,战友们再见了!"待一一握过手后,他走到了王政委面前,以军人立正的标准姿态,向王政委郑重敬礼!王政委紧紧地握住这位曾经护卫自己,与自己并肩作战的警卫员,一股难以形容的患难之情涌至心头,他像对自己孩子般慈爱地握住梁志亮深情地说:"小梁呀,到地方后要好好干,干出个好样子,不要丢军队的脸,相信你一定会干出成绩的,回去后代我向家人问个好,到家后写封信回来,最后祝你一路平安!"王政委慈父般的爱,仿如冬天里的红日,照进梁志亮的心田。此时的梁志亮含着泪花,无比激动地说:"请首长放心,小梁一定按您叮嘱的去做,努力工作,决不辜负首长的期望,为军队争光,为军人争脸。"

这时队伍已围了一圈,又是一个难舍难分的热情场面,战友之情真是兄弟般的情义,血浓于水,生死与共。不知不觉已到了约定出发的时间,汽车也已经发动。在众人的催促下,梁志亮依依不舍地坐上了回乡的汽车。他摇下车窗,伸手不停地向大家道别。

汽车徐徐行进。再见了我的战友!再见了!再见了!不一会儿汽车驶出了部队营区,他们一行3人踏上了去往千里外的江海市的征途。汽车在宽阔的公路上疾速奔驰,渐渐地远离了熟悉的海滨大地,慢慢地消失在遥远的天际……

第二章　夜访家亲

　　初春的南粤，到处春暖花开，一派欣欣向荣、充满生机的美丽景象。梁志亮、专车的驾驶员小刘和王班长 3 人，经过整整一天的长途跋涉，于当天下午 6 时顺利进入江海市。汽车进入市内顿时感觉到一股热火朝天、改造山河的气势，那轰隆隆的推土机、挖掘机，还有震天刺耳的开山炮，各种施工运载车辆忙碌穿梭、争分夺秒。在进入市区的一个交叉路口旁，竖着一块很大的标语牌，上面清晰地写着：

　　时间就是金钱，效率就是生命。

　　梁志亮、王班长及司机小刘看到眼前这景象，不由自主地发出深深的感叹：处在改革开放前沿的江海市，其意识、氛围和格局就是不一样！人们忙碌奔波，好像要与时间赛跑似的，真不愧是江海速度！总之他们仿佛进入了一个忙碌的大工地，只见到处尘土飞扬，真是一派热火朝天的壮丽场面。这是经济特区初创时的真实写照。

他们一行不知不觉已来到了市区中心。今晚在哪里落脚，仍然是个问题。因为梁志亮的妻子虽然在该市交通局上班，但由于没有居所，只得在她哥嫂家暂住。哥嫂还有一双儿女，家里还住有其他两个亲戚，加上梁志亮之妻及女儿共 8 口人。50 多平方米的房子住了大大小小 8 口人，可想而知实在不能再增加人住了。正因房子问题没能得到解决，梁志亮的妻子才要求丈夫及早转业回到江海市。

汽车到了江海后，由于没有一处真正能落脚的地方，梁志亮他们只好找一家住宿费比较便宜的招待所住了下来，出发前部队首长也已交代过王班长和小刘，到达江海市后，一定要等梁志亮安定好后才能返部。部队领导的关怀，深深感动了梁志亮，他暗暗下定决心，一定不能辜负部队领导和战友的期望，到地方后要干出一番成绩，来报答部队领导和战友们。安顿下来后，梁志亮吩咐王班长及小刘道："你俩先在招待所休息，我回亲戚家去把明天到新单位报到的事情了解清楚，今晚我回来住。"跟他俩交代完，梁志亮向招待所领导借了一辆自行车，然后乘着夜色向妻子住的地方奔去，他急着要了解明天到新单位报到的具体手续。经过近 20 分钟车程，到了妻子哥嫂家门前，梁志亮也顾不上满身的尘土和满脸的倦意，也顾不上夜深影响哥嫂家人休息，轻轻地敲响了家门。他先敲了两下没反应，又再用力敲了两下，这时房门打开，出来开门的正是嫂嫂。随着门打开，嫂嫂先是一愣，再定神看了看，十分惊喜地说："呀！原来是姑丈回来了。"她忙把志亮迎进客厅，随即转身走到里屋把熟睡的家姑李海丽叫醒，然后再叫醒海丽她哥，这样整个屋子的人们也被吵醒了，顿时热闹起来。此时的梁志亮，真有点不好意思。李海丽带着刚醒的朦胧，快步走到客厅，用十分激动又略带温婉害羞的笑容，走到丈夫面前深情地说道："终于回来啦！一路够辛苦了。"是呀，海丽说出"终于回来啦"，是包含着多少个日日夜夜的相思之苦呀，她与志亮结婚3年多，相处时间加起来也不到两个月，因为是军人，工作职业的特定环境，使得他们长期两地相隔，平时只有书信来往鸿雁传书，从今天起就要结束这种牛郎织女般的生活了，这是多么令人激动啊。

　　见到妻子，梁志亮也同样无比喜悦，泛红的双颊上浮现着兴奋的情感，显得有些发烫，一股充满军人特有的情意涌上心头。他快步上前握住妻子的双手激动地说："没什么，当兵的这点累不算什么。"这时哥哥也从里屋走了出来，与志亮握过手，说道："辛苦了，先坐下来喝口水再说。"这时嫂嫂已将泡好的茶端到志亮面前。志亮接过茶杯顺便坐了下来，李海丽站在丈夫身旁，哥哥也与志亮并肩而坐，其他众人除了志亮的女儿还在熟睡之外，都围了上来，你一言她一语，问长问短好一阵热闹。由于房子小，最加上时间也很晚了，哥哥只好吩咐大家各回各自床位，客厅里就剩下哥嫂和志亮两口了。此时哥哥从口袋里掏出一个信封，拿出信封里的一张信纸，向志亮叙说这次分配工作的一些细节，此时的梁志亮已是泪眼滂沱。作为军队转业干部，转业到地方工作是一件人生大事，有不少人在转到地方时，由于工作安排得不顺利，以至于非常被动，甚至影响到日后工作能力发挥及正常生活，可以这么说，军队干部转业，对当事人来说，是人生一大难关。在转业这个问题上，梁志亮是幸运的，他有一个好妻子，更有一个好大哥为他奔波、为他操劳，而且方方面面都考虑得如此周到。听完大哥的诉说，梁志亮连声道谢，他含着热泪说："谢谢大哥为我的工作如此费尽，此恩此德我会永记于心，我会努力做好工作，决不会丢咱家人的脸，请放心吧！"

时间过得真快，转眼已到深夜 12 点多了。志亮接过哥哥递过来的工作报到涵，哥哥接着补充道："人民银行报到地址，信封上写得很清楚，明早你按照此地址直接登门就可以了，明天我这边单位要开会，我就不能陪你去了"。梁志亮站起来说："大哥上面都有地址，我自己去就可以了，不用麻烦您了。"眼看时间不早了，梁志亮转过身来看了妻子一眼，眼神里满是浓得化不开的柔情，梁志亮强忍爱意，将涌动的心思平静下来，然后对着海丽说："我想看一下孩子。"于是海丽领着他走到里房，在高低床的下铺，女儿睡得正香，梁志亮轻步走上前去，看到女儿稚嫩天真而甜美的小脸，一股慈爱涌上心头。是呀已经一年多没见女儿了，是多么想念啊。在部队时每天夜里睡觉前，梁志亮都会拿出女儿照片看上一眼，此刻真想抱抱她亲亲她，但又不忍心惊动她甜美的睡梦。梁志亮只有强压住心中翻滚的父爱，深情地吻了一下女儿的小脸，然后又轻轻地转身回到客厅。

梁志亮抬手看了一下手表，已经是夜深时分了，于是他同哥、嫂及妻子海丽说："今天时间已晚了，我先回招待所了，这次部队还派了两位同志陪伴我一起回来，我和他们一起住。"哥哥接说："那也好，今天确实很晚了，志亮你先回吧，明天按计划到单位办理有关手续就可以了。"志亮说："好的今天就到此吧。"于是他与家人道别后，转身走出了家门，向着招待所方向，快步蹬车而去。

第三章　银行领命

翌日早晨，梁志亮带着一夜难以入睡的疲倦，在朦胧中被王班长叫醒："梁助理，天亮啦。"随着叫声，梁志亮抬手看了一眼手表，已是早上 7 点了，昨天回招待所太晚了又加上前路一切未知的情况，使得他有些心绪繁杂，久久未能入睡，临天亮时才合眼。这时他仍有些困意，他稍稍定了一下神，想起今天要办报到手续，而且还不知会遇到什么新情况，如此等等使得他猛然惊醒，像打了鸡血似的振作精神，他迅步走去冲凉房，准备来个全面清理。他开大了水龙头，让哗啦啦的流水从头到脚冲个遍，真想把一切倦意，一切污泥浊水清洗个底朝天，这时他想起了奶奶的一句嘱咐：人生每遇大事需要处理，有条件时最好要沐浴，荡涤霉气污运，使自己以最佳的精神状态去应对、处理，必定会换来好的结果。此时的梁志亮也想讨个喜兴，毕竟是人生的重大转折嘛。洗完澡，梁志亮确实精神爽利多了，一切的不安、焦虑与倦容一道烟消云散。他穿好了衣服，只因没来得及置办便装，梁志亮只好像往常一样，穿着没带领章的军装，走到镜子前照了一下，整理好服装系好了风纪扣，拉了一下衣垂，自我感觉不错，于是随手挎上了挂包，走到王班长及小刘面前，吩咐道："王班长、小刘，你俩今日在家休息吧，也可以到附近走走，我今日去人民银行办手续，也不知是否顺利，你们照顾好自己不要等我，晚上我回来再商定明天的工作。"王班长应道："好的你放心去办事吧，我和小刘会照顾好自己的。"

跟王班长和小刘交代清楚后，梁志亮骑上昨晚借来的自行车，向人民银行所在地奔去。他穿过了几条街又问了两次路人，打听到新单位的行走方向，经过约20分钟的车程，终于来到新单位楼下，他把自行车停放在专门设置的停车棚内，锁好车，然后抬头扫视了一下四周，只见新单位办公楼有4层，临市区主要干道旁一座四方四正楼宇，楼宇虽然不算高，但显得结实敦厚，门口前特别设置有9级汉白玉石阶，每一级宽度约为90厘米，衬托着高大浑厚的大门，使大门显得更加高大霸气，大门口两边分别安装了一对威猛无敌的石狮子，像两个威武的猛士，日夜守护着银行的安宁。大门左侧挂着一块长方形的牌匾，十分醒目，上面写着：中国人民银行江海市分行。

时间已到8时半，上班的职员三三两两鱼贯而入，清一色的深蓝西服，配戴着浅红色的领带，职员们显得十分精神而端庄。梁志亮跟着人流，进入楼内，他向一位职员打听人事处的办公位置，职员告诉他在二楼，上了楼梯往右拐。他循着职员指引的路线，上了二楼径直走到人事处门口，他往里面看了看，只见里面已经有几个人坐在长椅上，其中有两个人同样是穿着军装的，估计也是前来报到的军转干部，办公室前排坐着一位约莫 20 岁的年轻人，于是他移步上前探问道："同志，曾处长是在这里办公吗？"年轻人瞟了梁志亮一眼，慢悠悠地回答道："曾处长还没到，你看他们也是等她的，你也等等吧，估计曾处长也快到了。"梁志亮只好在长椅边找位置坐了下来，坐在旁边的一位穿军装的同志，主动与他搭讪："同志你是前来报到的吗？"梁志亮答道："是的。"这位同志接着说："我也是来报到的。"梁志亮也随口问道："您从哪里转业来的？"这位同志应道："我从湖南来，我们部队是高炮部队，我是 1975 年入伍。"梁志亮跟着道："我是 1973 年入伍，从海滨来，是总后所属汽车部队……"

　　他们正聊得投契，这时从门口走进一名中年妇女，看样子 50 岁左右，身穿浅蓝色的西服配上端庄美丽的领角，更显得儒雅大方、精神利索，给人留下一种干练果敢的好印象。她进来后扫视了一下四周，面带笑容有礼貌的与室内人员微笑着点了点头，并和蔼地说道："大家好！"坐在前排的年轻人迅速地站起身，恭敬地回答："处长好！"原来进门的正是曾处长，曾处长向大家边打招呼边往里走，然后在一个靠后的、四周用约 1 米高围栏围起略宽的区域坐下，这就是曾处长办公的地方。曾处长刚坐下，马上吩咐旁边的内勤——一位年轻的女子："小王你去请今天来报到的几位军转干部同志，到小会议室等我。"小王领命后随即走到梁志亮他们3人面前，转达了曾处长意思，于是他们3人随她来到小会议室。她先让他们坐下，然后给每人倒上一杯白开水，逐个端给梁志亮及另外两名同志，接着小王道："请大家在这里稍等一下，曾处长很快会和大家见面的。"说完后小王转身出去了。他们便在这里等候，梁志亮他们趁这空闲时间相互认识了一下，并各自介绍了自己的基本情况。

当他们聊得正兴时，曾处长和小王推门进来，并快步走到会议桌中央，与3位转业干部相对而坐，曾处长坐下后随即说道："真不好意思，让你们久等了。"曾处长略带歉意地接着说："你们3位同志，是今年我们单位接收的第一批军队转业干部，银行党委前几天专门开了会，关于你们工作的安排作了研究，其原则是根据每个人的专业特点，再结合单位部门实际需要，希望你们要理解，相信解放军同志会服从分配的，现在我介绍具体情况，如有不妥或有异议，待我介绍完后可以再提。"曾处长接着说，"第一，李敬宜同志，考虑到你在部队政治部任职，从事宣传教育工作，这次准备将你安排在本行教育培训处。第二，何刘军同志，你在部队保卫部门工作，考虑专业对口问题，准备将你安排在纪检监察处。第三，是梁志亮同志，你在部队当过汽车连长后又当过军需助理员，从事技术和经济管理工作，并具双重特长，所以打算安排到新组建的保险公司工作，那里能充分发挥你的专业。"曾处长一口气把3名军转干部的安置工作做了开门见山的通告，她略作停顿后接着说："上述意见是经行党委研究后定下来的，已经充分考虑到每位同志的专业特长，当然军队和地方毕竟是两个不同的系统，多多少少都有不完全相同之处，好在你们3位都很年轻，只要努力很快就会成为行家里手的。看看大家还有什么意见要说？"

听了曾处长的情况通告，几天来一直在梁志亮心中徘徊的悬念至此已有定论。其实关于工作问题，梁志亮看得很淡，这次转业决定，是因为家属没有住房而做出的，只要能解决住房，干什么工作都行，他也必将全身心把它干好！曾处长讲完后，李敬宜第一个提出了意见，他说："关于本人的工作，十分感谢行领导的关心，但是从自己的专业特长而言，培训工作并不是我的专业所长。在部队期间，我们部队大部分文字材料都是由我起草，大至部队年度工作方案、政治工作部署，小至英模材料的组织编写、各阶段的政治活动安排，我都有具体参与以及实施。由此请曾处长反映一下我的情况，希望能把我安排在办公室工作，以便更好地发挥我的专业持长，更好地为银行这个大家庭服务。"李敬宜讲完后，接着何刘军也作了表态："刚才听了曾处长关于本人的工作安排，深受感动，银行领导的关心，更使我对新工作充满向往，我一定不辜负领导希望，努力把工作任务完成好，其他我没意见，服从组织分配。"前面两位同志讲完后，在座的都把目光转向梁志亮，想看看他怎么说。梁志亮顺手拿起杯子喝了一口水，润润嗓子，然后也作了表态性发言，他说："关于我们的工作安排，听了曾处长的情况介绍后，我十分感谢地方政府的各级领导，特别是江海市人民银行领导的关心和体贴，至于安排我到新成立的保险公司工作我愉快接受，其实对我来说不管安排干什么工作，都是全新的，都是要重新学习的，我会尽快熟悉工作而且一定把它做好！不过有件事我想了解下，到保险公司工作住房能解决吗？"曾处长接过话题道："可以解决的，目前全市就属我们住房充裕。"梁志亮说："那我没有其他意见了。"曾处长最后总结说："刚才听了3位同志的发言，李敬宜同志对工作问题尚且有不同的想法，这也属正常反应，我会将这情况向行领导汇报，过几天敬宜同志你再来，最后会决定下来的。梁志亮、何刘军你们两位同志可以办理入行手续了。"

就这样，简短的会见把多日来悬在梁志亮心中的疑团，彻底解开了，此时的梁志亮心情十分轻松愉悦。会见结束后，他按照曾处长的交代，到了一位李姓同志处办理了相应的手续，并详细了解了明天前往保险公司报到的相关情况，一切完毕后已是中午时分了。梁志亮带着兴奋的心情走出了人事处，信步走到停车棚开锁取车，然后迅速地离开了银行大楼，跨上自行车，向着哥嫂家的方向，奋力向前猛蹬，恨不得眨眼间就能见到家人，将这个好消息告诉他们，让亲人们也一同分享他此时此刻无比喜悦的心情。

第四章　公司报到

初春的江海，春风送爽，暖气正浓。这座建于20世纪50年代的县委招待所，是江海市比较安静的地方，院落四周种有各种树木，一眼望去撑天拄地，高大的树躯诉说着岁月沧桑；还有桃树、玉兰、勒杜鹃有序分布于庭院里，衬托出古雅的幽静和时代风姿。天刚蒙蒙亮，欢快的小鸟已光临庭院，在参天大树枝头上哼着小调，叽叽喳喳地发出美妙神韵，鸟语花香，无忧地欢歌，愉悦地舞动。天真，自然，无邪，大自然世界里真是各得其所，无尽的惬意。

伴着鸟声妙语，梁志亮及随行的王班长、小刘，也陆续起床。打开房门，春风扑面，好一派清新如意的景象。也许是工作单位已落实的缘故，昨天晚上，梁志亮睡得特别好，多日来的疲倦一扫而光，今天他显得特别精神和愉悦，他面带笑容向王班长和小刘道了早，洗漱后他们一起到食堂吃早餐。吃完早餐，已快8点了，他们回到宿舍，梁志亮向二位简单交代了今天的安排，吩咐他俩到外面走走，感受感受特区的环境和特区人的精神面貌；他到新单位报到，相信工作安排很快便会清楚的。交代完毕后梁志亮还是骑上了借来的自行车，穿街过巷不多时，已来到了保险公司所在地——江海市首座国际商业大厦，这是特区初创时最早建成的现代化商业大厦，也是江海市重要的标志性景点。中央领导同志来江海视察工作，曾登上顶楼俯瞰全市，大厦楼高 20 层，长方体，分东西两幢，两幢楼是东西相连群楼，淡绿色的墙体，高大方正的线条，犹如两座巍峨的山峰，屹立在江海改革开放的前沿阵地，迎风斗雨，傲视群雄，昭示着祖国改革开放的决心、勇气和意志！梁志亮顿时心潮澎湃，心想能在改革开放的前沿工作，必定会遇到更大的挑战和锻炼。

他停好了自行车，按照指引线路，来到了商业大厦东座大堂，他到前台打听了保险公司的位置，在服务人员的帮助下，按动了上楼电梯，径直来到公司所在地东座 8 楼。梁志亮走出电梯，一阵清风扑面而来，原来大楼里装配有大功率空调机，它可以自行调节温度。楼内淡白色的墙体配上草灰色地毯给人一种宁静与安详，虎皮大沙发错落摆放在办公区内，各色典雅花卉盆栽装点着办公区，错落有致。人们低声细语地交流，和颜悦色，这些统一身穿西服，佩戴领带的员工，显得整齐划一很有素养。梁志亮被眼前的景象及商业气息所震撼，可能是在军队营区待惯了，眼前的一切都是新鲜的，从来没见过。

来到公司前台，热情大方的姑娘主动向梁志亮打招呼："先生您需要办理什么业务？我可以帮您。"梁志亮从来没有见过这阵势，不由得略显腼腆，有点不知所措。他稍作平静后接道："姑娘我是来办理入职手续的，麻烦你带我见一下梁总好吗？"姑娘一听，立马说："嘿，原来是新同志，好的，你稍等，我先打个电话与办公室联系下。"接着姑娘便打电话与办公室报告后，放下电话对梁志亮说："先生跟我来，我带你去见梁总，他正在办公室等你。"于是梁志亮跟着她，不一会儿来到了总经理办公室。这时梁总秘书小张已在门口等候着，看见梁志亮走过来，便很有礼貌地上前与他握手，并示意姑娘可以回去了，"欢迎你梁先生，梁总正处理一件比较急的事，我们先到会客室稍等，梁总很快就可以见你。"于是张秘书带梁志亮到会客室等候，接着送上一杯碧螺春，然后与他攀谈起来，张秘书说："前几天就听说咱公司会来一名转业干部，而且是上过战场的，又是广南人，我听后十分开心，因为我也当过兵，只是当了3年义务兵就退伍了，与梁先生你真是没法比。但毕竟都是当过兵的，所以见到曾经同在战壕里战斗过的战友特别亲切！"听着张秘书的叙述，梁志亮此时略有紧张的心情也慢慢平静了下来，他接着张秘书的话道："张秘书也曾当过兵，那真是太好了，咱们原来是战友呀，以后还要承蒙你多多的指教呢！""不要客气，咱们公司也成立不久，业务上也刚刚开展，许多业务正处于开发阶段，你上班后慢慢会知道的。"

　　此时梁总已处理完事情，径直来到会客室，他看梁志亮和张秘书聊得正兴，便风趣地朝他们说："张老师又发表什么高论呢？"梁志亮和张秘书被梁总幽默风趣的语调一逗，不由会心地相视而笑。梁志亮闻声顺势看去，只见一位40岁左右的中年男士走过来，他略显清瘦，戴着副眼镜，合身得体的西服，儒雅干练，很自然地给人一种有素养、有知识、有风度的企业家的良好印象。梁总上前握住梁志亮的手幽默地说："梁志亮同志，我们都是一家人呀，我是老梁你是小梁，今日老梁欢迎小梁来公司工作！"梁总既风趣又幽默的风格，一下子将彼此的距离拉近了，这使梁志亮深为感动，十分庆幸自己能分配在这样的企业带头人手下工作，而良好的干群关系，是企业发展的重要基础。梁总接着说："志亮同志，我们这个单位是前两年才组建的，保险业在我国正处于重新恢复阶段，为什么叫恢复呢，顾名思义，其实在20世纪50年代初期保险公司就已经成立了，直到1958年除了小部分进出口涉外业务保留外，其他都已终止了。党的十一届三中全会后，党中央决定恢复国内保险业务，我们江海市于1980年底决定组建保险公司，所以公司算起来才成立3年，许多业务才刚刚起步，志亮同志你到公司工作正是时候，公司欢迎你。"梁总经理一翻热情洋溢的讲话，深深地打动了梁志亮，他接过梁总的话道："十分感谢梁总的深情厚意，保险业务对我来说是一门陌生工作，可以说从来没有了解接触过，到现在也真的还没搞懂什么叫保险，就怕今后干不好，所以今后还得请梁总多多指教呢。"站在一旁的张秘书说："梁先生请你不要担心，其实搞懂保险并不难，等你正式上班后我会准备一些关于这方面的书籍给你看，相信你能很快上手，放心吧。"这时梁总抬手看了一眼手表说："志亮同志，我待会儿还有个会，你的工作岗位我们已作了安排，安排在国内业科工作，具体哪个岗位由你们李科长落实，今天算报到入职了，听闻你现在还住招待所，这样吧张秘书你通知办公室派一位同志，带志亮到单位宿舍区挑选一套房，先把家安顿好再上班。"张秘书领命道："是！"梁总再次握住梁志亮的手："志亮同志，就这样安排好吗，如有其他需求你可找张秘书帮忙的，今天就先谈到此吧。"梁总经理讲完后转身走出了会客厅。

梁志亮此时内心充满感激，今天真是遇上贵人了，梁总的热情周到，和蔼友善，使梁志亮感到无比温暖，他深情地目送着梁总挺拔儒雅的背影，不由自主地行了一个标准军礼，以此表达对梁总深深的谢意和敬意。这时张秘书接着说："梁总是个好领导，公司上下都很喜欢他尊重他。"张秘书说完后按梁总吩咐，让梁志亮继续在会客室等候，他转身去办公室叫人，准备带梁志亮去员工宿舍区选房。不一会儿，张秘书带着一位办公室员工进来，并介绍梁志亮跟他相互认识，来人名叫卢海生，是办公室一名工作人员，他们见面后，低声寒暄了一阵，卢海生便按照张秘书吩咐，带梁志亮走出了公司，直奔员工宿舍区和梁志亮一起选房去了。

第五章　安家

　　翌日早晨，梁志亮与王班长、小刘3人，驾驶专车来到了保险公司员工宿舍区。车刚停下，已见到梁志亮的妻子李海丽及其他一些家人，正忙着打扫房子清理卫生，看得出家人们心中的喜悦，因为在江海市能分得一套住房，那是天大的好事。梁志亮万万没想到刚报到入职，住房问题就能马上解决，从现在起，他才算真正有了一个属于自己的家，这一切，对梁志亮一家来说，是多么大的喜事啊！看到汽车已停至楼下，家人们都兴高采烈，梁志亮在部队时分别定做了两个鸡笼和一个衣柜、一个五斗柜，还有一对沙发，算是全部家当了，转业费共1200元，因为平时探家及老家父母弟妹生活困难，每月还要给父母寄去一些生活费用，也借了战友一些钱帮补，这次转业安家费用下来后，还清了借款及所做家具费用，身上已所剩无几了。汽车停好后他们随即将家具及零碎东西搬下车，在家人们的协助下搬至二楼宿舍，分得住房70平方米左右，设有三房一厅，由于家具不多，东西很快便摆好了，而且房子也显得宽敞，家人们尤其是李海丽都喜在眉梢。一切东西放好后，梁志亮才真正感到安家立业了。李海丽招呼大家休息一下，她特别走到王班长和小刘面前，充满感激地说："王班长、小刘，这几天来你们辛苦了，谢谢你们了！"她随即把两个洗干净的苹果递给他俩。王班长连声说："嫂子不要客气，梁助理还是我们老连长呢，有机会送老连长，是应该的！"

转眼已到中午时分了，由于家刚安下，厨房用具还不齐备，暂时还不能做饭，所以李海丽已在附近餐厅订了饭，她与梁志亮交换了一下眼神说："好了，我们去吃饭吧。"于是众人简单清理了一下身上的尘土，一起前往餐厅。初春的江海，虽是春意未消，但赶早的夏热已开始活跃起来了，给人们一种已入盛夏的错觉。吃过午餐，送王班长和小刘回了招待所，其他帮忙的家人也陆续回家了，现在，家里就剩下梁志亮及妻子和女儿梁晓穗了。不满两岁的晓穗正在喃喃学语，天真活泼，好似从没见过这么宽敞的空间，不停地满屋子跑，童趣十足，特别可爱。梁志亮帮助妻子架好炉灶，整理床铺摆好各种家具，尽量把家里收拾得整洁划一，符合心意。梁志亮还特别把从部队带回来的两个结实无比的养鸡笼放置在阳台上，让人觉得这个家更完整，更有家的氛围了。经过一番忙碌，居家过日子的大后方总算初露芳容。这时梁志亮与妻子都有一种由衷的满足感。是呀，多年来，盼望一家人生活团聚的愿望到今天终于实现了，从今以后再也不需要过着牛郎织女般的生活了，再也不用遭受望穿秋水、盼望远方亲人回家的相思之苦，再也不用每年为去部队探亲而经受千里迢迢的艰辛了……昨天的这一切，随着梁志亮转业到江海而宣告结束，而新的开始，对这一家子人来说真是最大的幸福了！从几天前离开部队到现在，梁志亮虽早几天已到江海，由于妻子和女儿都在哥嫂家居住，所以他一直住在招待所，今天一家人才算真正在一起，开始了新的生活。

　　第二天清晨，梁志亮赶到招待所，王班长和小刘刚起床，他俩见到梁志亮道："连长好！"梁志亮应道："昨晚休息得好吗？""挺好的。"梁志亮接着说："几天来你俩辛苦了，今天你们就要回去了，长途跋涉千里迢迢，一定要注意安全呀。"王班长道"连长你放心吧，我们一定注意的，你和嫂子要多保重。""谢谢了，这里有封信给我稍带给王政委，另外你嫂子准备了三份礼物，都是一些外国香烟和糖果，给你俩的各一份，另外一份给王政委，这是你们嫂子的一点心意。"王班长道："连长不要客气了，我俩都是你的兵，何必客气呢。"一番寒暄后，他们一同吃过早饭，结付了住宿费用，回到宿舍收拾好行李，不一会儿王班长和小刘登上了返程的汽车，随着汽车徐徐开出，王班长摇下车窗向梁志亮致敬："连长保重，再见了！"梁志亮也不停地向他们挥手道："一路平安，一路平安！"汽车很快奔驰而去。

第六章　上班去

家已安定，今天梁志亮起得很早，可能是今天就要正式上班了，心情既激动但也有些紧张，毕竟要到新环境工作难免有些担心。这时妻子也起床了，她知道丈夫今天要上班，洗漱过后随即做好早餐，并让志亮先用餐，自己走到里屋看女儿，只见女儿还在熟睡，"就让她多睡一会儿好了。"梁志亮看见妻子往里屋去，就不由自主地向妻子说。李海丽点点头，也坐到餐桌旁。她拿起碗给志亮盛了一碗稀饭，自己也盛了一碗，然后一面吃着一面与志亮聊了起来，她说："吃完早饭你去上班，等女儿醒后，我把她送到哥嫂那里，让家人帮着看管下，现在我们已有房子住了，今天我想托人叫我妈来帮着带晓穗，你说好吗？"梁志亮正想着今天上班不知会遇到啥事，琢磨着自己应如何应对，对妻子刚才与他商量的事并不十分留意。这时李海丽也看出了他的心境，也就不再说下去了。梁志亮虽然对妻子的话并未留意，但也隐约听到妻子好像在对他讲了什么的，他抬头看了看海丽问："你刚才在说什么？"海丽只好重复一遍刚才的话，志亮听后道"好！就是辛苦咱妈了。"海丽接着说："那没办法，只有辛苦她老人家了。"

不知不觉上班时间已到，梁志亮只好与妻子海丽说："我去上班了，家里的事就按你的安排处理吧，老婆谢谢你了。"说完梁志亮起身拿上小提包，这个小提包还是在部队时用的，主要放一些笔纸什么的，是方便办公之需的常备工具。随后梁志亮转身欲出家门，这时他看见妻子站在一旁，他便走上前去深情地拥抱妻子，来了一个吻别。"我上班了，晚上回来见。"梁志亮温柔地说，李海丽顿时感觉有一种前所未有的温暖，这就是夫妻久别重聚后情感真挚的表现。

梁志亮骑车穿越几条马路，不一会儿，已来到公司办公大楼下，他停好自行车，快步跨入商业大厦，穿过大堂与大堂经理点头问早，便径直按动电梯上楼。走出电梯后，又与前台姑娘打了个招呼，不一会儿已来到梁总办公室，梁总还没到，只见张秘书在收拾办公室，他靠上前去打起招呼："张秘书早。"张秘书回应道："梁先生早，家已安顿好了吗？""已安顿好了，谢谢你们关心了！我今天是正式来上班的，请张秘书带我到业务科报到好吗？"梁志亮正说着，这时张秘书从办公桌上拿出两本书，走到梁志亮面前交给了他说："梁先生这两本书送给你，一本是保险概论，另一本是保险实务，这两本书对我们干保险的是非常有用的，你好好看看，一定对你有帮助的。""太感谢张秘书了，我一定认真好好学习。"梁志亮满怀激动地说。张秘书接着说:"梁总特别交代我,要多多关心您,您不仅是一名军转业干部,还是立过战功的英雄,是最值得我们尊敬的最可爱的人,今后在工作中或生活上遇到困难,都可以随时来找我,我们共同想办法解决。待会儿我带您去找李科长,请他帮您安排工作。"张秘书的一席话,深深地打动了梁志亮,他感觉到无比温暖,同时也深感责任重大,作为一个初来乍到的员工,公司给予了他无微不至地关怀,热情周到地安置……想起这一切,梁志亮暗下决心,一定要把工作做好才能对得起公司,才能对得起所有关心自己的人。"谢谢了张秘书,你过奖了,现在我是一名保险业的新兵,工作上的一切都得向大家好好学习。"

张秘书把手头工作放下后,便把梁志亮带到国内业务科,见到了国内业务科李科长,张秘书向李科长介绍说:"这是梁志亮同志,分配到你们科工作,具体工作由李科长你安排。"李科长上前,握住梁志亮的手道:"欢迎你!"梁志亮回应"谢谢你!"张秘书与李科长交代完后,握住梁志亮的手说:"梁先生,你好好在李科长处工作吧,祝工作顺利!""谢谢张秘书!"梁志亮回应道。介绍过后,张秘书转身回办公室了。

待张秘书走后,李科长向梁志亮介绍本科主要业务情况,他说:"公司共有两个业务科,一个专门负责国外业务的,叫国外业务科,另一个就是我们这个科叫国内业务科,本科主要经营业务目前有几方面,首先,是交通工具运输保险,交通运输主要包括船舶、拖拉机、汽车和其他机动车辆。其次，就是人身保险。再有，就是货物运输保险，这里包括海陆空业务。最后，就是企业财产保险及一切可保财产保险业务。目前本科根据业务范围设有4个小组，就是根据上述业务性质来安排的，前几天办公室已通知我，说把你安排到本科工作，我很高兴。因为公司业务正在起步阶段，而公司员工有些是从银行转来，有些是新招入司，个别同志是20年前干过保险，而这部分同志大多已50多岁了，有个别很快就要退休了，我也50多了，干不了几年了，可以说目前我们公司是老的老小的小，从员工年龄结构来说是中间断层，所以希望年轻人尽快掌握业务本领。"梁志亮默默地注视李科长，时不时地点头回应着，李科长接着说："公司情况特别是本科情况就是这样，我审阅了你的基本资料，你是难得的人才，又在部队担任过经济管理，还当过汽车连连长，是难得的专才，这与本公司业务有密切关系，保险业务虽以经济手段为保户提供经济补偿服务，但也需要专业技术知识。就拿机动车辆业务来说，到目前为止，员工当中没有一个会驾驶汽车的，更谈不上有驾驶执照，而广南省又是从1982年起第一个实行机动车第三者强制保险业务的，所以你的到来会给公司增添力量。"李科长喝了口水又接着道，"考虑到你刚入公司，所以先安排你到营业部工作。所谓营业部是我司前沿阵地，主要承担客户投保业务，也是公司业务基础，相信你会干好的。"

听完李科长的介绍，梁志亮也做了表态性回应："首先感谢李科长对我的信任，从今天起我就是保险业的一名新兵，组织安排我做什么工作，我都会无条件服从，尽我所能努力把它干好，今后还请科长多多批评指教呢。""那好的，今天先聊到这里，我还要参加总经理室会议，我叫营业部组长过来带你过去，就正式工作吧。"李科长说完后，他叫梁志亮在原地等候，随后转身出去，不一会儿只见他带着一个年约 20 多岁的女同志过来，他走到梁志亮跟前介绍说："这是营业部组长李莉同志。"接着他又对李莉介绍说："这是到你组工作的梁志亮同志。"双方握手道好过后，李科长最后说："好了，大家都认识了，就去工作吧。"于是梁志亮跟着李莉出去了。

第七章　初次见习

　　这位李莉组长言语不多，留着齐耳的短发，佩戴一副宽边近视眼镜，显得稳重而冷峻，也很配组长之威。梁志亮跟着李莉不一会儿来到营业部，所谓营业部并没有想象中大，办公场所并不宽敞。进去之后，只见前端摆放了一张长方形柜台，柜台中坐有3个人，一个人负责收费，一个人负责计价，一个人负责发放投保单并指导客户填写。柜台后面摆着7张长方形办公台，并将其合并在一起，形成了一个特大的办公台面。这个位置除了组长座位居正中外，其余3人分别坐在两侧；这些人主要是负责在客户将投保单填好后，待计价收费完毕，抄写正规保险单给客户。

　　组长把梁志亮带到营业部，这时人们刚上班，正在做营业前准备，客户尚未到，组长安排梁志亮坐下，便吩咐大家停下手中活，集中开个短会。于是大家都围坐过来。见大家都已坐好了，李莉说："各位员工大家早上好！今天我向大家宣布件事，"她顺势示意了一下梁志亮，然后接着说："梁志亮同志从今天起，就是我们的同事了，老梁同志是军队转业干部，而且是上过战场的，是值得我们敬重的，现在让我们以热烈的掌声表示欢迎！"大家热烈鼓掌后，李莉接着说："老梁的工作安排嘛，我考虑他刚来，对业务并不熟识，先作为组里机动，如遇特殊情况较忙时，可以见机帮忙的，这几天就先熟识情况，看看书，特别是有关实务操作书，也希望大家多多帮助他，老梁同志这样安排好吗？"李莉讲完后，梁志亮双脸有些泛红，听到组长向他征求意见，他十分诚恳地说："今天是我到公司上班的第一天，我十分高兴，刚才李莉组长做了周到的安排，我非常感动。由于自己初来乍到，对公司业务不熟识，从前也没有接触过，所以什么都不懂，各方面都要学习，今后希望各位同事多多帮助与关照，谢谢了，各位同事！"

梁志亮讲完后，在座的都分别做了自我介绍，相互认识，有些同事还拿出自己的名片给他。小小名片，让梁志亮感觉很是新鲜与惊讶，因为从来都没有见过，自己的名字、职位、联系电话、公司名称、地址都可印在一张小纸片上，既方便又绅士。这让梁志亮认识到，原来地方上很多东西都需要慢慢学的。这时陆续有客户上门投保了，李莉宣布会议结束，同事们都各自忙开了。梁志亮也坐回到自己的办公桌，不一会儿李莉拿了几张有投保单、保险单、费率表、汽车保险条款、汽车保险业务宣传单等，给梁志亮并说："老梁同志，你先熟识一下这些，不懂的可以问我或其他人，这些都是我们要办理的业务。""太好了，我会认真学习的。"梁志亮回应。随着时间推移，客户越来越多，因为机动车第三者责任险是强制要办理的，交通运输部门会检查的，如果不买机动车第三者责任险，机动车便上不了牌也不能年检。所以上门办理机动车第三者责任险的人最多，是当前公司的主要业务。转眼中午下班时间已到，员工们要回家吃中午饭，因为当时大家都没有外出吃饭的习惯，街上更没有快餐或便餐卖，公司又没有食堂，几乎全城各单位一样，按部就班，中午一律关门息业，梁志亮也只好简单收拾一下就骑车回家去了。

第八章　甜蜜相遇

忙碌的一天总算过去了。夜幕降临梁志亮骑着自行车回到自家楼下，他停好车与同一宿舍邻居点头招呼后，推开了家门。妻子李海丽已把女儿晓穗接回了家。见到梁志亮回家，小家伙还有些害羞，她躲到母亲身后，圆溜溜的大眼睛不停地打量着梁志亮，心想这位叔叔来我家是干什么的？虽然这两天父女俩也接触过，但毕竟是短暂的，晓穗的认知能力毕竟有限，还不适应这位"陌生人"的闯入。是呀，自从晓穗出生后，梁志亮只在她一岁时探家回来过，但那时小家伙还不懂事，所以谈不上有印象，今日闯进一位叔叔和自己一起住，她不感到奇怪并有些害怕才怪呢。看着晓穗这样子，海丽将她抱起并告诉她："晓穗呀，这是你当解放军的爸爸，从此以后呀，爸爸不走了，我们一家永远在一起，永远不分离了！"小晓穗仿佛听懂了妈妈的话，情绪逐步放松了许多！这时梁志亮将女儿从妻子怀里抱过来，嚷着"来，给爸爸好好看看我的小宝贝！"梁志亮边抱边说着，并轻轻地亲了一下女儿稚嫩的小脸蛋……父女情谊开始融洽起来。

李海丽看着父女俩那么开心，便穿上围裙进入厨房开始做饭。梁志亮与小晓穗在客厅玩得很好，在爸爸的各种动作嬉逗下，晓穗显得开心极了，不时发出咯咯的笑声，真是其乐融融！没多会儿，海丽已把饭菜做好，于是一家人坐到餐桌前开始用餐。海丽下厨的手艺真不错，三菜一汤在她手中做得是十分美味可口。"嘿，真厉害，一下子弄了一桌这么好的菜，而且都是我爱吃的，谢谢你老婆！"梁志亮赞赏道。海丽接过话："今天是你上班的第一天，又是我们家真正在一起过日子的第一天，理应好好多做几个菜庆贺下，但是条件有限，大家都要上班，没时间只有简单些，请梁志亮大人多多包涵，多多原谅！"李海丽调侃道。梁志亮感慨地说："好啦，今天以茶代酒，希望咱们一家从今以后和和睦睦，幸福美满！"梁志亮和海丽都拿起茶杯，见到父母端起茶杯，小晓穗也吵着要，于是海丽顺手拿了只茶杯给她，一家三口碰杯示庆，真是快乐无比，共享天伦之乐。吃完饭，李海丽收拾碗筷，志亮与晓穗在客厅，小家伙要爸爸继续陪她玩。不一会儿海丽收拾完厨房里的事，张罗着给小晓穗洗澡。

梁志亮走进书房，拿出了保险概论、保险实务等资料，认真细致地研读起来。他想尽快地熟识业务，但是在公司很难安静下来，所以他只有在家细啃。他先阅读保险概论，想首先弄清楚什么是保险，保险的职能是什么，只要搞清楚这两个问题，心中就有底了。于是他打开书本一字一句地研读起来。通过阅读，梁志亮对什么叫保险和保险的职能有了初步认识。简单理解保险就是通过千万个保险客户，向保险公司购买保险，形成保险补偿基金，当投保客户出险时，保险人会根据保险合同约定，给予被保险人经济补偿。保险的主要职能就是经济补偿。各项保险业务会根据其业务风险特点，制订相应的保险合同条款，与投保人签订保险合同，形成保险合同契约，即保险人与被保险人保险契约关系确立……

　　时间过得很快，转眼已夜深了。见梁志亮还在书房，李海丽轻轻推门进去，她见梁志亮还在做笔记，便劝说："志亮，已经快 11 点了，明天还要上班，休息吧。"听到妻子的劝说，梁志亮回过头，看了一眼妻子应道："好的，我还有几个字写完就休息，你先睡吧。"见丈夫如此认真投入，她只好自己先回房去了。妻子走后，梁志亮整理好笔记，觉得时间确实已晚，于是简单洗漱后回房准备休息。妻子虽然躺在床但并没有睡着，她只是闭目静静地躺着，因为志亮未睡她也睡不着，女儿早已入睡了。梁志亮进屋后轻轻上床，生怕影响妻子，他借着窗外柔射进来的月光，看到妻子安静甜润的睡态，一股爱的暖流撞击着他的心灵，很快将他带进与妻子从相识、相知至相爱的美好回忆中：

　　那是 1980 年年初，已当兵 7 年的梁志亮，带着刚从战场下来的硝烟，踏上了第一次回乡探亲的归途。已经离别家乡 7 年了，他的心早已飞回了故乡，因为思念家乡，思念亲人，一路上梁志亮搭船乘车，马不停蹄地往家赶，经过两天的长途跋涉，终于回到了久别的故乡。当他出现在父母及家人面前时，一家人激动得热泪盈眶，弟弟妹妹们摸着哥哥4个口袋的军装，感觉到无比自豪与骄傲。左邻右舍的乡亲，也赶来梁家探望，问这问那好不热闹。经过一阵的热闹，乡亲们陆续散去，梁母吩咐弟妹各自忙家务，父亲亲自掌勺做了几个美味可口的菜，一家人欢乐盈盈，这是7年来第一次团聚。这7年里发生的事太多了，梁志亮参军第二年，爷爷去世；特别使家人牵挂的，是梁志亮在部队里经历了从援越抗美到对越自卫反击战，两场战争的日日夜夜里，家人们牵肠挂肚担惊受怕，就在去年家里本来很困难，为了解对越自卫反击战的消息，老父亲把家里唯一够重量的一头猪卖了，买回一台收音机，一家人每晚围坐在一起，收听战争情况，生怕听到不好的消息。梁志亮了解到家人为他的安危所倾注的无限牵挂后，感到十分内疚，不由自主地落下了感动的泪。这也许是每个军人家庭都会出现的一幕吧。

就在探亲期间，有一天梁志亮到相邻的公社，赴10公里外探望一名分别多年的战友。到了战友家与战友相叙时，刚好遇见了李海丽，那时她与战友的妹妹同在一个公社青年突击队工作，这天也是受战友妹妹之邀来家探访的。这可能是姻缘所定，巧遇中也有冥冥之中的天意吧。当时那战友与梁志亮畅聊正酣，见妹妹带着一名女青年进来，战友便对梁志亮说："志亮，这位是我们公社青年突击队女子连连长，芳名李海丽，和你一样都是连长。哈哈，今天我们家大喜了，来了两位连长，一位是解放军连长，一位是民兵女子连连长。"战友一面说一面拉住梁志亮的手，走到李海丽面前也把她的手拉起来，战友也不管人家愿不愿意，硬是拉着梁志亮与李海丽的手握在了一起。战友说："我介绍你们认识认识。"这突如其来的举动，弄得梁志亮不知如何是好，羞涩得泛红了双脸。李海丽也一样，只见她清丽的脸庞上，泛起了美丽如玉的红云。两个人不由对视片刻，瞬间，一股浓浓青春暖流涌上双方的心头，让他俩一时间不知所措。握过手后，大家也慢慢恢复平和，相互寒暄起来。这时战友已将饭菜端上桌，叫大家上桌吃饭，于是所有人围桌而坐，战友热情地给每个人斟酒，然后举起杯提议："今天我非常高兴，我们家既迎来了多年未见的志亮战友，也邀请到妹妹的好友海丽同志，真是令寒舍蓬荜生辉呀！我提议，为了我们今天的缘分和欢聚干杯！"饭席间，热烈又欢快，战友有意制造话题，并不时地促使梁志亮与李海丽碰杯示好，可谓用心良苦。席间在战友的"威逼"之下，梁志亮和李海丽相互留下通信地址，战友吩咐志亮回到部队后，一定要先给海丽寄一封信。在热烈而富有青春激情的气氛中，他们结束了这场难忘的聚会。

自从在战友家中巧遇海丽，梁志亮的脑海里便经常不由自主地浮现出海丽的一颦一笑。李海丽那英姿飒爽、干练果敢又富有女性柔情、温婉的气质，更深深印刻在梁志亮心间。梁志亮还听说，女子连在公社参与的各项水利建设的重点工程任务中，李海丽带领队员们冲锋在前，吃苦在先，勇挑重担，出色地完成了各项任务，还曾多次受到公社嘉奖和表扬，其感人的革命精神和动人事迹，传遍了整个公社。这样的女同志多么值得他梁志亮尊敬、爱慕呀。时间过得很快，转眼间探亲期结束，梁志亮只好依依不舍地告别了父母，告别了所有亲人，踏上了回队的旅途。

另一边，李海丽自从在同事家偶遇梁志亮后，心情也一直难以平静，志亮那英俊威武、青春勃发的气质，深深地打动着她那纯朴的少女心，一种从没有过的青春躁动常常使她彻夜难眠。自从梁志亮归队后，李海丽就天天盼望着梁志亮来信，她心想人家应该不会真的那么在意自己，别自作多情呀！但转念一想又不至于吧，即便不喜欢我也应该来信讲清楚吧，总之海丽的心情既复杂又满怀期待。

半个月后，正当李海丽带领着女子连，全情奋战在水利工地上时，公社邮递员带来了一封用部队信封寄出的来信，上面工整地写着：新村公社青年突击队女子连李海丽同志收。邮递员到工地后大声喊着："李海丽在吗，部队来信了！"他一连喊了数声，搞得整个工地几乎人人都听到了，让李海丽觉得有点无地自容，通红的双脸像发了高烧似的。李海丽赶快跑上前去大声说："喊什么呀，快给我！"邮递员调皮地说："好事嘛，怕什么，跟大家分享一下。"这时姑娘们也嚷开了："连长，是不是亲爱的来信了，给大家念念吧！看看连长的兵哥长得怎样的。"一时间弄得海丽真不知如何是好，躲是没法躲了，赖也赖不过去，那只好硬着头皮，在众人的催促下，将信封打开，随信附来的一张年轻英俊的青年军官相片展示在姑娘们面前，"哗，从未见过这么英俊漂亮的美男子，连长真有眼光！"大家七嘴八舌，好一阵热闹。有了相片的展示，李海丽不管别人怎么逗，也不愿意将信的内容公开，她也不便立马看，于是她就把信放到衣袋里，吩咐大家："姐妹们好了，相片大家也看了，干活去吧。"听到海丽的劝说姑娘们也只好散了，一阵欢笑热闹过后，女子连又投入到热火朝天的水利工地。入夜时分，李海丽静静地躺在挂了蚊帐的床铺上，由于是集体宿舍，她十分小心地打开手电筒，生怕影响别人，又钻到被褥里遮挡光线，把梁志亮给她的信慢慢展开，细细地读了起来：

海丽同志，你好！

回部队已有一段时间了，本应早些去信，但由于部队训练紧张，又要迎接军区检查组考核，故耽误了回信时间，想你一定很急吧，还以为我失信呢，特请你原谅！上次偶遇我印象很深，虽然我没有任何思想准备，但自从见到你后，一种没由来的喜悦，冲击着我的心灵，给我带来无限的喜悦，看得出我战友的用意，他希望我俩建立感情，走到一起。我也期望能和一个像你一样，年轻富有朝气又有作为的女同志为伴，但我的情况你不了解，我们家较贫穷，弟弟妹妹多，上有奶奶、父母，下有年幼的弟弟妹妹，我为长子，所以负担较重。另外这几年部队处于常备战争状态，战争就会有牺牲的，我的好多战友就牺牲在战争当中，目前我是幸运的，因为还在这个世界上，还能回乡见见自己的家人，还能与新老朋友相聚。我是一个基层干部，与你一样都是连长，连队是战争实施中的一个前沿执行者，连长就是带兵打仗、执行命令、实施战斗计划的带头人，所以随时都可能牺牲的，这些情况我必须向你坦诚交代清楚，以便使你做出正确的决定。总之，我很高兴能认识你，能成为朋友更是上天恩赐……

好了，暂时谈到这儿吧。期望回音。顺致，敬颂安康！

军礼！

梁志亮

李海丽反复看了几遍，不由思绪万千，那纯洁平静的内心掀起阵阵波澜，不停地撞击着她那稚嫩的心。她觉得梁志亮这封信，既坦诚直率又充满浓情蜜意，这是一个品德高尚的年轻军人的崇高所在，真是难能可贵。她觉得作为一个青年人，就应该投身到火热的社会主义保卫和建设中去，而像梁志亮他们这些舍身卫国的军人，理应受到人民的爱戴和尊重，这样的卫国功臣我们应该给予无私的理解和爱慕。

春去冬来，转眼之间，梁志亮和李海丽鸿雁传书的光景已有一年多了，彼此感情不断加深。在这期间李海丽的工作也有变动，在结束青年突击队工作后，她也调到刚刚改革开放前沿的江海市交通局工作，成为了一名交通管理工作者。尽管工作比较忙，但李海丽仍时常抽出时间到梁志亮家去，看望他的父母及家人，并帮助解决一些生活问题，这一切使在部队里的梁志亮无比感动。梁志亮的父母和邻里更是赞不绝口，都说李海丽是难得的好女子。

男大当婚女大当嫁，情到浓时花绽开。他俩经过一年多的书信传情，终于走进了婚姻的殿堂。梁志亮专门请了假，与李海丽在老家成婚。农村的婚礼既古朴又热闹，亲戚朋友，左邻右舍父老乡亲，还有闻信而来的公社领导，纷纷前来祝贺，都说：一个是英俊威武的青年军官，一个是年轻漂亮的淑女，真是天生一对，地造一双。最高兴的还是梁志亮的奶奶和父母。梁志亮他们小两口也是按农村的风俗无条件地配合礼仪上的安排，拜天地，拜高堂，夫妻对拜一样都不少。奶奶特意备好两小袋花生，叫梁志亮和李海丽各人拿一包，示意早生贵子，多子多福。经过一天的迎来送往，两人的婚礼在既古朴又热闹的气氛中结束了，从那天开始梁志亮深感又增添了一层责任，这是一种充满幸福而自然的职责，也是美丽人生新的开始。假期结束后，梁志亮回部队了。李海丽协助父母收拾好有关事情也回到江海上班了。

一切恢复平静。但生活中新的惊喜，在不知不觉中出现了，那就是他们的爱情结晶，他们的宝贝女儿出生了，这既给梁志亮和李海丽带来无比的欢乐，但又面临生活中的压力。由于梁志亮在部队，因此照顾女儿的任务落到李海丽身上。因在江海没有住房，这只能暂住在哥嫂家，白天她把女儿放在家里，让家人帮着轮流看管，下班后再由自己照顾，长期的紧张与辛劳，使李海丽这个昔日意气风发、充满激情的青年突击队女子连连长，在不知不觉中变得愈发憔悴，青春的光芒被现实生活渐渐地削减和消融。尽管生活辛苦，但她从没埋怨过梁志亮，她深知嫁给军人就要付出，这种付出就是千万个军人家属的光荣和自豪。梁志亮也深知妻子的辛苦，他常常用书信安慰她，用部队的战斗成绩回报她……

想起这些，他深深地感激妻子，望着妻子安详的睡容，他不由自主地抱住妻子，在她的额头轻轻地印下一吻，并在心里默念："老婆，我爱你！"

第九章　渐入角色

第二天，梁志亮很早就出门了，他提前了半个小时到达公司。这时公司大门还没开，他正在门口徘徊着，此时一名穿制服的保卫人员走过来，盘问说："同志你是来买保险的吗？过半个小时才开门呢。""不是的，我是来上班的。"保卫人员上下打量了一番，只见梁志亮上身穿着没领章军衣，下身穿着蓝色西裤，不像保险公司工作人员，梁志亮也看出了他的疑虑，便向他解释说："我是新来的，以前是当兵的。""啊，新来的，我也是退伍兵，咱们还是战友呢，不过我是战士，你是首长。"梁志亮一听大家都曾当过兵，便熟络亲热许多便道："哪里，什么首长，都是战友嘛。你是公司保卫？""是的""那你开门让我进去好吗？"保卫人员抬手看了一下表，也快到上班时间了，便说："好吧，你上班后到办公室叫他们给你发个门卡，以后就可以开门了。"志亮说："好的谢谢了，战友！"梁志亮进门后，快步走到营业部，他脱下上衣卷起袖子，找了条毛巾，开始擦拭桌椅，收拾物品，打扫卫生，经过一番忙碌整个营业部被他收拾得干干净净。

是的，梁志亮他心存感激。自从部队转业到公司上班，他一路走来，正是得到了各级组织和领导的关心帮助，才能一路顺利，从落实工作到分房安家，哪一个问题不是组织和领导关心实现的？所以自己只能加倍努力工作去报答。

随着上班时间的临近，公司员工三三两两陆续到来，营业部所处位置是公司入门前端，所以公司所有员工出入，都要经过其门口，而且营业厅又是公司的对外窗口，无论是环境卫生，还是员工着装、言行举止、礼貌修养等都代表着公司形象，其重要性不言而喻。这时李莉组长推开了营业部大门。大门是用铝合金和透明玻璃做的，既宽大又有档次，两扇玻璃门中间写着4个大字：推门请进。李莉到来后，不一会儿其他员工也陆续进场，大家进来后，看到整洁明亮的办公室，清新舒适的空气，感觉无比舒畅。同事中有个叫蒋涛的小伙子大声说："今天是谁把卫生打扫得那么干净，办公用品整理得那么利落，空调温度调得那么适宜？"李莉接过话道"肯定是老梁同志了，老梁是不是呀？"梁志亮已坐回到办公桌，听到李莉问自己，梁志亮应答着："组长没什么，我在部队养成的习惯，早上起得早，所以卫生就我搞了，如果大家觉得还算可以，那以后就包在我身上了。"梁志亮刚讲完，蒋涛十分调皮地说："老梁同志很好，那以后就辛苦你了！""这个蒋涛。老梁别理他。我看以后还是老规矩，谁先到谁动手吧。"李莉就此做结论性交代，大家都点头同意。

时间刚到 8 时半，前来办理保险业务的人员陆续登门，没多时大家已忙开了，梁志亮在老员工的指导下，也学着抄写保险单，保单一式三联，一份为正本是给保户的，一份为副本存档，当客户出险后留作理赔备查的，另外一份为存根是公司入库存档的。抄写保单要求细致认真，一旦抄错即三份全作废，抄写保单既要准确也要速度，因为客人等着要带走的。刚开始梁志亮也会出差错，一次是把被保人单位抄错了，本应是特区经济发展总公司，他抄写成特区经济发展公司；另一次把发动机号码抄错了，后被复核人员发现要重做。抄写保单工作看似简单，但一不小心就会出错。经过这两次错误，梁志亮更加认真了。

随着时间推移工作也慢慢娴熟起来，与同事们也熟识亲近了许多，下午临近下班前半个多小时，客人会逐渐减少，这时，一天的紧张与忙碌稍稍放松下来，同事之间有说有笑非常融洽，每当这个时候，调皮活泼的蒋涛，就会向梁志亮提出一些"问题"，期待他讲来听听，"老梁同志，听说你在部队是汽车兵，而且是连长，那你这个连队有多少辆车呢？"梁志亮不厌其烦地告诉他，权当跟学生讲故事："没错我当过连长，我所在的连队共有 45 辆车。"蒋涛接着问："哗，当个连长好威风呀，管那么多辆车，你看我们公司才一辆面包车，你真了不起。""有什么了不起的，我们是负责运输的当然以车辆为主，而咱们公司是金融机构要那么多车干什么。""我真想学开车，学会开车奔驰在祖国大地上，看看祖国大好河山该多好呀，老梁同志有机会教教我。""没问题只要有车，我一定教你。"其他几位同事也嚷着要梁志亮教他，梁志亮说："有机会我都把你们教会。"

随着到公司的时间久了，营业部的业务除了收费岗位有特定要求外，从指导客户填写投保单、计价、抄写保险单、复核把关每一项工作都被梁志亮熟练掌握了。由于是机动岗位，梁志亮变成了万能替补队员，哪里需要，他就到哪里帮忙，由于保险业刚恢复，许多人并不了解保险意义，投保目的，出险后如何处理，除了机动车第三者责任保险是强制的，其他险种对客户来说也是十分重要的，如车身保险、玻璃破碎险等，但客户缺乏保险常识，往往只办理机动车第三者责任保险，其他由于不了解就不再办理了，客户往往得不到全面有效的保障。梁志亮目睹了这种情况，便跟组长说："李莉同志，针对不少客户对保险知识了解不深，大部分都只办理第三者险，办理综合险的很少，这都源于我们宣传得不够。我建议在入门左侧，设立一个咨询柜台，专门负责向客户宣传解释保险常识，提高办理综合险的积极性，一来可以更有效地保障客户，二来又能壮大公司业务增加收入。"李莉看了梁志亮一眼，面上流露着不悦的表情，她心想你才刚学会了基本操作没几天，就向我提出这个问题，真是有些多管闲事吧。但她也不好直接拒绝梁志亮，她有些不耐烦地说："这个事我做不了主，找个时间向科长报告请示后再说。"梁志亮也看出了她的心思，于是也就不再说什么了。

第十章　初显身手

梁志亮按照习惯，每天都比同事早半小时到达公司，到公司后依然是擦桌椅、打扫卫生、打开空调机、给盆栽的花卉浇水等，把营业部打理得井井有条。自从梁志亮来到营业部上班，公司办公室组织的卫生评比，营业部总是第一名，这与梁志亮的精心打理是分不开的。

这一天，梁志亮到楼下拿一份材料，上电梯时刚好遇上了李科长，梁志亮首先向李科长打招呼："李科长好。"李科长点头示意："你好。"不多久，电梯已到公司所在的楼层，梁志亮让李科长先走，自己随后，当梁志亮正想跨入营业部大门时，李科长转过头来叫住了他："小梁呀，过几分钟来我办公室一下。""好的，我马上到。"梁志亮回应道，他进到办公室后，把材料放好并向李莉打了个招呼，就直奔李科长办公室。到了科长办公室门口，他先敲了一下门，只听到李科长说"进来"，于是梁志亮便走了进去，科长见志亮已到，便示意他坐下并倒了一杯茶给他:"小梁,这是龙井好茶。"梁志亮接过茶杯品尝了一下说:"谢谢科长!是好茶。"李科长也坐了过来,正与志亮迎面,然后科长先说"自从你上班后,一直都没找你聊聊,这段时间公司准备改革,所以大量工作都要做,因而时间紧张些,你到公司多久了?""报告科长,已快到两个月了。"见梁志亮还带有军人习惯,李科长面带笑容继续说:"业务上都掌握了?与大家相处还好?"梁志亮回应说:"业务上基本掌握了,同事们都很关心我帮助我,非常感谢大家。"科长接着说:"公司同事对你反映都很好。自从你来后,营业部整个环境卫生有了很大的改变,同事间的合作也都很好,特别是前段时间,李莉向我反映,你建议在营业部入门左侧,设立保险业务常识咨询台,帮助客户深入了解保险知识,提高投保热情,我看很好嘛,做事就应该多动脑筋,这样才能不断提高生产力。"李科长稍作停顿,喝了一口茶,注意到梁志亮仍然穿着军装,便继续说:"你的司服还没发给你?我们是搞经济工作的,又处在改革开放前沿,要经常与境外企业打交道做生意,着装仪表很讲究,要融入市场经济的氛围,所以我们必须注意仪表和礼数。"

听着李科长的谆谆教导,梁志亮的内心受到很大的触动,他深深地感到,光有军人的顽强奋发、敬业刻苦是不够的,必须努力学习经济领域的新意识和新的精神内涵,提高业务素养,才能成为一名新领域的优秀干部……于是他回应道:"公司办公室半个月前,给我量过尺寸了,估计会很快发下司服的,待发下来我立刻换上,同时我一定牢记科长的教导，加强学习尽快适应公司工作，以良好的素养做一个优秀员工。"他俩谈得正兴时，李科长办公室电话响了，科长起身去接，梁志亮顺手拿了一份报纸看，不一会儿，李科长回来，他对志亮说："小梁呀，今天咱们就聊到这里，总经理室打来电话要我开会，我们有空再谈吧，回去后要好好干，相信你一定会干好的。"听到科长要开会，梁志亮向科长道谢过后，回到了营业部，今天来办理业务的客户特别多，他二话没说，立即投入到工作中去了。

这一天，办公室姜主任又焦急又发愁。她为什么焦急发愁呢？原来昨天人民银行办公室通知，分配给保险公司一辆26座丰田客车，分配到车辆应该是好事才对，但是公司没有人会开车，更不用说是大客车了。26座客车按交通车辆管理规定属大客车范围，驾驶人必须要有大客车驾驶资格，即要有大客车驾驶证才能开车。目前公司配有一辆7座面包车，司机小卢也只持大货车驾驶执照，所以他也不能开。正在姜主任犯难时，秘书小张推门进来准备复印材料，看到姜主任着急的样子就问她："主任，什么事这么着急？"姜主任把人民银行分给客车而找不到开车人的情况说了一遍，听完姜主任的诉说，张秘书说："这个问题好解决。公司两个月前分配来一名军队转业干部叫梁志亮，还是汽车连连长，别说开一辆客车，就是开坦克都没问题，他这会儿正在营业部上班，请他帮忙开回来就可以了。"姜主任听后不由心中大喜，随即吩咐小刘赶快到营业部找到梁志亮。

小刘第一时间来到营业部，找到梁志亮急匆匆地说："老梁同志，我是公司办公室刘小强，我们姜主任有事请你去一下。"小刘直接说了来意。梁志亮说："那你跟李莉组长打个招呼吧。"于是小刘又同李莉说明了来意，李莉点头："老梁你去吧，这可是公司大事呀。"于是梁志亮随刘小强到了办公室，当英武利落的梁志亮站到姜主任面前时，她不由心中大喜，似乎找到了救星似的，她上前握住志亮的手，主动自我介绍："我叫姜云，是在办公室工作，我们是同事呢。"姜主任让梁志亮坐下，并让小刘端来一杯茶水给他。

梁志亮被请到办公室，到现在还不知会发生什么事，热情好客的姜主任更使梁志亮摸不着头脑。寒暄了一阵，她示意梁志亮喝口水，然后把请他来是想让他帮把分配给公司的客车开回来的事说了。听完姜主任的诉说后，梁志亮胸有成竹地说："没问题，什么时候需要？我听从召唤。"姜主任说："志亮同志，公司正处在改革发展期，今后各种车辆会陆续增加的，一下子又难以招收到司机，今后还要麻烦你帮忙的。你除了汽车还能开什么车，真不好意思，我只是想了解下，没别的意思，千万不要见怪呀。""报告主任，我除了会开各种汽车之外还会开拖拉机，摩托车，坦克车，就是火车和飞机不会，船也可以，我是公司员工只要公司需要我都义不容辞的，你就尽管吩咐就是了。""那好呀，真是太感谢了。"姜主任说完，吩咐刘小强和司机小卢带上梁志亮，马上就去人民银行提车。

于是他们3人径直来到银行，到后勤处办好了手续，然后到停车场提车。卢司机把他俩送到了停车场后就开车回公司了。他俩到了停车场门口与门卫办好交车手续，梁志亮和小刘登上了丰田26座客车。两人简单看了一下操作说明书，因为梁志亮还是第一次真正接触进口车，进口车辆与本国汽车在配置上还是有些不同的，车上有空调装置，有收录机等，座位调整操作也采用电动装置，驾驶宽敞明亮，视野清晰。刘小强上车后更是又激动又好奇，不停向梁志亮问这问那，对他来说一切都显得多么新鲜："这次好啦，咱公司有进口客车了，员工上下班可以坐车了！老梁叔叔有时间也教我开车好吗？""好呀，有机会我带你学。"梁志亮说完，随即发动汽车，预热一阵跟着将车开出了停车场，驾驶着汽车向着公司的方向前行。路上，他打开收音机，收音机里播放出悠扬的歌曲，更令他俩十分欢快和兴奋。汽车奔驰在宽敞的马路上，眼前的景物嚓嚓地飞驰而过……不多会儿，汽车已到了公司对面的临时停车场。他俩停好车，收拾了东西，锁好车门，高高兴兴地一起回公司去了。

此后，有3年多的时间，梁志亮就成了公司这辆26座客车的义务司机，每天早晚都义务为公司接送员工上班下班。遇上他出差或休假的时候，他还会专门找转业到江海市工作的战友过来顶替自己，确保公司员工上下班有司机开车接送。直到3年多后，公司配了专职司机，梁志亮才告别这个从没拿过半分钱报酬的义务司机的岗位。

第十一章　历史变革

　　今天保险公司会议室特别热闹，一个重要会议在这里召开，江海市人民政府主管金融工作的张副市长，江海市人民银行行长及相关领导，保险公司领导和各科室负责人聚集在这里召开会议，会议主要内容是：随着改革开放需要，为进一步加快保险业发展，人民银行总行决定，从即日起保险公司正式从人民银行分设出来，成为独立法人机构，并将江海市保险公司从正处级升格为副厅级，保险公司行使独立法人经营运作职能。另外为了使江海市保险公司，更加适应市场化运作的要求，保险总公司赋予江海市分公司，一系列特殊自主的、较灵活的经营管理政策，即：江海市分公司实行独立核算，自主经营，自负盈亏，自担风险，费率可以随行就市，灵活定价。可以说保险总公司给予了江海市分公司十分灵活自主的经营管理权，这对江海市分公司来说，既是给予了无限的信任和希望，又是对江海市分公司领导班子的一种考验和要求。

会议由保险公司总经理梁自成主持，人民银行王副行长首先传达国务院、人民银行总行、保险总公司等有关文件精神，随后人民银行江海市分行李行长作发言，李行长说："同志们，刚才王副行长传达了国务院、人民银行总行、保险总公司的有关文件精神，这次国务院、人民银行总行、保险总公司，为了加快保险业发展，进一步适应我国改革开放形势需要，从今天起江海市保险公司正式从人民银行分设出来，同时将江海市保险公司从正处级升格为副厅级机构。从全国统一经营，统一核算，统一管理，由总公司统一法人的经营管理模式，转变为独立核算，自负盈亏，自主经营，随行就市，灵活定价的自主经营模式，这是一个历史性的重大转变，是为应对复杂市场即将开放奠定牢靠基础。其重要意义深远而重大，希望保险公司领导班子及全体干部职工，认真学习深刻领会总行及总公司的文件精神，积极推动公司改革，落实各项经营管理措施，完成新形势赋予我们的历史使命。"

李行长讲完后，张副市长作了发言："同志们，今天参加市保险公司改革转制会议，我非常高兴，刚才李行长就有关工作提出了意见和要求，我非常赞同，这次总行及保险总公司，从我国改革开放重大战略考虑，给予江海市保险公司更加自主灵活独立的经营管理政策，这对我市保险业发展，起到重要的推动作用。改革开放需要保险支持，经济建设需要保险护驾，所以保险业对推动和保障国民经济发展，起到十分重要的稳定作用。我衷心地希望市保险公司，乘借这次改革转制春风，乘风破浪，勇往直前，把公司推向新的发展阶段，为我市的经济腾飞做出新贡献。最后祝大家工作顺利，万事如意。"张副市长发言完毕，与会人员给予了热烈的掌声。

最后，梁自成总经理作了总结性讲话，他说："尊敬的张副市长，尊敬的李行长，尊敬的各位领导及同志，今天是市保险公司传达人民银行总行，保险总公司关于改革我司经营管理体制，对我司经营管理工作进行重大调整。这是党中央、国务院及人民银行总行、保险总公司给予我司的充分信任和重托，是对我司领导班子及全体干部职工的重大考验，历史不容我们躲避，潮流不允许我们碌碌无为。面对当前形势，我们必须勇敢担当，不辱使命，迅速行动起来，深化落实各项措施，不辜负上级组织及领导的关怀和信任，把江海市保险公司工作推向新台阶，为我市的经济发展做出新贡献。"梁自成总经理的发言，充分表明江海市保险公司贯彻落实改革转制的决心和勇气，也吹响了江海市保险公司深化改革的进军号令。

面对一波前所没有的改革浪潮，江海市保险公司领导班子确实面临着巨大的压力和考验，这次改革力度之大、要求之高是对江海市保险公司的严峻挑战。长期以来，大国企、大集体的经营管理体制，让人们习惯了慢思考、慢动作，习惯了无压力、无忧患的"铁饭碗"思想观念，如何克服这些观念，改变长期以来形成的习惯性思维模式，是能否推进改革的关键。

自从开过大会，这段时间梁自成总经理，陷入了深深的思索之中，内部机构如何设置，内部经营管理体制如何确立，经营管理风险如何化解，业务如何开拓，如何更好地融入江海市经济建设之中，一系列重大问题都要领导班子独立解决，过去这些问题基本不需要分公司级机构考虑，但现在只能自己解决。他深深感到肩上担子的沉重，这个具有丰富经营管理经验的金融才子，面对当前艰巨的改革任务，显示出超常的勇气和魄力，经过一段时间的深思熟虑，江海市保险公司改革方案终于出台了。

这一天，梁自成召开了江海市保险公司班子会议，4名副总经理以及党委办公室主任参加了会议。会议上梁总首先发言，他说："近几天来，就我司改革问题，相信我们在座的各位都有认真考虑，我本人也甚感责任重大，这关系到公司的未来发展，关系到干部职工的切身利益，关系到人民银行总行和总公司改革试验能否获得成功。如此重大的责任，是需要每个班子成员认真考虑的，但不管压力多大，任务多么艰巨，我们都要迎难而上。将自己的想法作一个介绍，也是抛砖引玉式启动，如有不同意见可以补充或修改。我司改革分为两步走，第一步先设置好内部机构，第二步调整确立新的管理运作体系，因为管理机制关系到干部职工切身利益，这些需要适当的时间给我们干部职工适应，要有预热过程，所以我们先进行第一步改革，即内部机构设置，具体是：将原来的国内业务科、国外业务科，财务科，升格为正处级业务部，保留办公室，增设三个部，即电脑部、再保部和人力资源部。两个业务部，财务部内根据业务性质，工作任务分别设立三个科;增设三个部主要基于几点考虑:一是信息技术正在逐步融入企业现代化建设,我司必须抓紧部署,否则会很被动。二是这次改革调整,其关键是独立核算,自负盈亏。所以化解风险,保持经营稳定是我司必须要重点考虑的,再保部成立可以参与国内、国际再保市场业务往来,平衡和稳定公司经营。三是从人民银行分设出来后,公司干部职工招聘或调出,公司人力资源规划都要独立完成,综合上述,所以要增加三个部门。另外,各部门领导安排,已有科室负责人,如无错误问题,原则上直接升任,新增部门先由办公室考察,物色到合适人选再报党委研究后确定,两个业务部及财务部,内设科长人选,由各部推荐报党委会审定任命。"梁总经理讲完后,各与会者进行热烈讨论,围绕公司改革、未来发展等问题畅所欲言。本次会议揭开了江海市保险公司改革调整的序幕。

第十二章　逃港追忆

自开完改革调整相关会议，保险公司内部像炸开了锅，干部职工们议论纷纷。大多数同志认为这是难得的发展机遇，表现得异常兴奋；也有为数不少的同志认为公司改革会带来不安定因素，整天忧心忡忡；也有一些同志认为那是公家事，与个人没有多大关系……各种想法各种思绪交织着。梁志亮像往常一样，他每天依然提前半个小时到公司，勤勤恳恳，在他内心深处充满阳光和希望，他认为公司改革调整必然有它的科学道理，当前改革开放，把经济建设作为全党全国一切工作的中心，作为一名共产党员、国家干部应积极投身其中，如果改革调整需要自己关系到本人，更应该无条件服从。

夏日的江海市，骄阳似火，烈日炎炎。梁志亮奉公司之命，与蒋涛临时前往20公里外的龙和公社承保一批拖拉机，由于农机站的工作人员不了解什么叫保险，保险的目的意义是什么，但是拖拉机有时也上公路搞运输，没有保险，一旦交通管理部门检查发现，是要处罚的，所以农机站又不得不办，为此特请求市保险公司派人前去作介绍。

梁志亮和蒋涛来到了市汽车站，他俩先购买了上午 10 点钟的车票，这时离登车时间还有一个小时，他俩只好在车站里等候，车站旅客比较多，熙熙攘攘，又加上天气炎热，没有空调，在偌大的候车区，只有两把摇摇晃晃而且扇不出什么风的电风扇，蒋涛擦着汗唠叨着："这个鬼天气，大清早就这么热。还是咱公司好，空调吹着，悠风阵阵，多舒服呀。""是呀，有空调的单位并不多，我们是够幸福的了。"梁志亮附应了一句，随手从挂包里拿出军用水壶，"小蒋喝点水吧。""哦，老梁还带有水呀。""出门嘛天气又热，用得着的。""老梁你想得真周到，谢谢了！"蒋涛充满感激地接过水壶。"不客气，我们在部队执行任务时，常常遇到口渴难耐的时候，那才是叫天天不应，叫地地不灵呢。""老梁听说你在部队打过仗？能讲给我听听吗？"蒋涛用期待的目光看着梁志亮。"小蒋呀，有时间再说吧，你看这个地方能讲故事吗？找个时间我好好同你讲讲，好吗？""那好，一言为定了。"蒋涛满脸高兴。时间已到，广播里传来亲切甜美的声音："各位旅客请注意，有到龙和公社的旅客请注意了，您乘坐的班车现在开始登车了，请有到龙和的旅客马上到登车口剪票登车，多谢。"听到喇叭传来的声音，梁志亮和蒋涛来到登车口，验票后登上了去龙和的班车。

汽车经过将近一小时的行驶，到了龙和公社汽车站。梁志亮和蒋涛下车后，向汽车站工作人员了解往农机站走的路线，他俩按照指引经过 20 分钟的步行，来到了龙和公社农机站。门卫值班师傅了解了他们的来意后，便领着他们去站长室。到了门口。师傅让他们稍候，他先进去向站长报告，不一会儿师傅领着站长出来，站长热情地与梁志亮和蒋涛握手，并充满感激地说："谢谢你们，辛苦了！"

农机站站长姓林，看上去也就 40 岁左右，身材结实，稍黑的皮肤蕴含着岁月的风霜。"与土地打交道，需要的是脚踏实地，否则荒山不可能变成良田，贫瘠的土地不可能长出丰收的庄稼。农业机械就是辅助农民与土地较量的重要支援部队。"外面太阳很晒，林站长边说边把他俩往会议室拉，"咱们先到会议室休息一下，我再把有关人员召集来，到时候你们给介绍下，谢谢了。"看得出林站长是充满期待的。梁志亮回应道："林站长，请不要客气，我们来正是要跟大家好好交流的，相互学习嘛，应该的。"林站长把他俩领进会议室，跟着叫人倒上茶水，递给梁志亮和蒋涛，他俩接过茶杯四周环顾一下。会议室虽然简陋但非常整洁，会议室中央挂着伟大领袖毛泽东主席的像，中间处摆放着两行四方办公桌，共 8 张合放在一起，这些桌椅大概是工作人员使用的。

不一会儿，人员陆续到齐，林站长看了一下手表，快到中午 12 点钟了，他便很不好意思地向梁志亮说："梁同志快到吃午饭时间了，要不然我们先吃饭再介绍？"梁志亮道："最好辛苦一下大家，坚持一下，内容也不多，很快就能介绍完的""那好吧，就开始吧。今天我们非常荣幸地请到了市保险公司的梁志亮同志和蒋涛同志，到本站来介绍宣传保险知识，你们辛苦了。现在让我们以热烈的掌声欢迎保险公司同志给我们做宣讲。"顺着林站长讲的话，梁志亮站起身，开始做保险知识宣讲，"今天我和同事蒋涛从市里赶来，主要是与大家一道，共同学习、互相交流保险知识。保险工作在我们国家目前还是新鲜事物，我是军队转业干部，前几个月才来到保险公司，也是保险工作的新兵，所以这次咱们是共同学习、相互交流。保险业务在我国算得上是一项老业务，同时也是一种新业务，因为20世纪50年代初期保险公司就成立了，而且保险业务也得到长足发展，但到了1958年，由于种种原因，国内保险业务停办了，从那时起我国只剩下少数国外业务。直到中共十一届三中全会，作出了把党和国家工作重心转移到经济建设上来、实行改革开放的历史性决策，国内保险随之也获得了全面恢复。江海市保险公司也刚成立3年，建司时间短，许多业务才起步，机动车辆业务算是起步早的业务，1982年我们广南省率先在全国，实行机动车第三者责任保险的规定，机动车当然也包括拖拉机，什么叫第三者呢，那又为什么要实行强制保险呢？下面我给大家解释解释：所谓第三者，即保险公司、车辆使用人以外的人和物都称为第三方，机动车第三者责任保险，就是当机动车在行驶时，遇到突发事情致使车辆以外人和财产损失，交通事故认定是属于车辆方责任引致，而造成第三方伤亡或损失，应由责任方承担的，如你参加了保险就由保险公司代为赔偿，即将应负责任通过交纳少量保险费，把赔偿责任转嫁给保险公司。为什么要实行第三者强制保险？这主要是要保护第三方受害人利益，大家知道，许多人从银行贷款或向朋友亲戚借钱来买了车，本想通过搞运输来致富，但往往天有不测之风云，有时一不小心就可能发生交通事故，造成重大损失，一旦遇上了这种情况，根本赔不起，伤者要住院，损坏的财产要修复，那怎么办呢，所以为了确保第三者利益，只能通过购买保险来解决，当你无法赔偿损失时，由保险公司来解决，所以保险业是一件利国利民的好事业。"梁志亮一口气将保险的目的意义，用通俗易懂的话语向大家做了介绍，随后大家还提出了一些问题，他和蒋涛又进行了耐心细致地解答。会议开得非常热烈，讨论问题也很活跃。转眼间已近下竿 1 点钟了，林站长看了一下时间，与梁志亮商量一下后宣布会议结束，有不明白的可以会后再沟通。

会议结束后林站长领着梁志亮和将涛，来到了农机站职工食堂，食堂就在院内，农机站干部职工有 20 多人，为了方便大家，站里安排中午餐在本站解决。食堂里摆放着 3 张桌，面积不大而且简陋，但很整洁。他们来到食堂，林站长安排他俩和自己一起，来到靠边的一张桌坐。他们刚坐下林站长就说："梁同志，真不好意思，你们大老远来到这里，就安排你们在我们这小食堂吃饭，条件简陋，而且也没有什么好菜招待，真的对不住你们了，请多多包涵。""林站长不必客气，越简单越好，我们没有那么多讲究的。"梁志亮回应道。

他们正说着话，食堂门口又出现了两个人，走在前面的看上去有 50 多岁，黑黑实实，浓眉大眼；另一个较为年轻，看上去 30 出头，手拿一个黑色小夹包跟在后面。年长者嗓门较大，进门就喊："林站长我还没有吃饭，能不能赏口饭吃呀。"林站长听到喊声，循声而望，迅速起身迎上，来者原来是江海市农机局副局长陈金才。陈局长是路过龙和，顺道来农机站看一下，恰好赶上开饭时间，便径直来到食堂了。"陈局长好！您又不提早打个招呼，让我准备下。"林站长走上前去握住陈局长的手，边走边说着已来到饭桌前。"有什么好准备的，有什么就吃什么。"陈局长回应。这时陈局长也看见了坐在一旁的梁志亮和蒋涛，便问林站长："这二位是？""对了，这两位是市保险公司的梁同志和蒋同志。"梁志亮站起来，跟陈局长和随行同志握手。"陈局长您好，我俩是市保险公司的。"梁志亮边握手边说着。"好好好，都坐下吧。"陈局长回应道。时间已经不早了，其他职工都已吃完饭走了，林站长吩咐立即上菜，于是厨房师傅很快端来几个小炒，也确实没有什么特别，都是普通农家菜，不知是真的饿了还是师傅手艺好，菜上桌后也没有多推让，每人盛上一碗饭便埋头吃起来。

与陈局长打过照面后，梁志亮脑海里马上觉得眼前的陈局长，有着一种特殊的莫名其妙的感觉，觉得他们似曾相识，但一时又想不起是什么时候什么地方见过。而陈局长也似乎感觉到什么似的，双方都进入了沉默和追忆之中。正在梁志亮苦思冥想时，"吃饱呀，都不要客气！"陈局长爽朗的声音又飘入梁志亮的耳内，是那么熟识，那么亲切，它更像一把熊熊烈火，燃烧着尘封久远的青春，使梁志亮顿时打开了紧闭已久的记忆之门……

那是1973年夏。风华正茂的梁志亮以优异的成绩高中毕业了，那一年他才十七岁，他踌躇满志，怀抱着建设祖国，服务乡邻的雄心壮志，回到了家乡。梁志亮毕业回乡之际，正是乡里早稻收割、晚稻插秧的农忙时节，他二话没说，积极投身到生产队劳动之中。生产队长阿堂叔见他刚从中学毕业，在当时算是村里难得的文化人了，出于对梁志亮的关心，就对他说："志亮呀，你刚从学校毕业，水稻收割是要顶着烈日到田间里劳动的活儿，酷热难耐，这种苦你吃不消的。不然你留在生产队部帮助记工员和仓库保管员一起做好工分登记、粮食入库登记等后勤工作。这样一来能更好地发挥你文化人的作用，二来你也可以从中了解熟识队里的各项工作，田间作业有我们这些社员群众就可以了，你看这样安排好吗？"听了生产队长的话，梁志亮沉思了片刻，他向队长表达了自己的想法："谢谢队长关心，我虽然读了几年书，但我从小就在村里长大，我是农民的儿子，我的根在这里，现在正是农忙时节，我应该到生产第一线去，用辛苦劳作改造自己的思想，接受贫下中农和广大社员的再教育，至于协助记工员和仓库保管员整理账目之事，我晚上帮助他们做，这样两不误，阿堂叔你就批准我的要求吧。"看着梁志亮坚定的眼光，队长阿堂叔只好同意了他的要求。

夏日的阳光，像火球一样酷热发烫，广阔的原野稻谷飘香，金黄四射。梁志亮与生产队社员们一起，挥舞着镰刀，顶着烈日，挥汗如雨，一棵棵一把把地收割。社员们的劳动热情都很高涨，队长按照田块大小，合理地安排人力，以小组为单位指定一名小组长，负责全组进度和质量。劳动过程中，也算是指挥有方，各组进度和质量有了很好的保证。

梁志亮毕竟是初次参加正规实战，虽然出身在村里，从前也帮父母做过农活，都是一些如放牛、放羊、喂猪等比较简单的事情，而真的以主要劳动力身份与大人一起收割稻谷还是第一次。经过一天的劳作，梁志亮这会儿真是有些体力不支，尤其是太阳照射，使他整个身子像烤熟了的鸭子一样，而且刺痛难忍。母亲看见梁志亮浑身红肿不免有些心痛，于是她便到村赤脚医生卫生室，向医生开了一些护肤消炎的药水，回来给志亮涂抹。因为梁志亮晚上还要帮助记工员和仓库保管员整理账目，所以他简单吃了饭就到生产队部去了。都是本村人，记工员和仓库保管员也都认识梁志亮，而梁志亮的到来对他们二位来说无疑是有力的支持。刚上来，梁志亮先是根据吩咐逐一书写核对，经过一番忙碌，账目被他罗列得清清楚楚。生产队部的两位对梁志亮的工作热情和干劲，都十分认可。

就这样在整个双抢农忙季节里，尽管烈日当空，天气炎热，梁志亮始终咬紧牙关，坚持每日出工不迟到，忍耐辛劳不叫苦，全身心扑在生产劳动第一线。梁志亮为人谦和非常有礼貌，再加上勤恳乐于助人，村里不论老少都非常喜欢他，都夸奖他是村里的好青年。

不久大队小学要选一名代课老师，根据梁志亮的表现及条件，他是当老师的最佳人选，村大队党支部最初也同意，并且也吩咐梁志亮所在生产队长阿堂叔，向他打了招呼，梁志亮听到这消息后，也十分高兴，当老师从事教育工作，是件非常光荣和有意义的事，他内心充满喜悦。正当梁志亮沉醉在即将在三尺讲台上，大显身手传播知识的时候，不料几天后传来已有人顶替了他的位置，他的老师梦已不可能实现了，突如其来的消息，犹如一盆冷水，一下子泼醒了他沉醉的头脑。他一阵难过，父母及好心大叔大婶们都走来劝说，尤其是阿堂叔更是愤愤不平："明明是大队党支部都决定了的事，怎么一下子就变了？这是为什么！"梁志亮听到大家为此事议论纷纷，心里也十分难过，但事到如今只能面对现实，经过一番思量后，他很快平静下来，面对好心的乡亲他说："各位大叔大婶，非常感谢大家对我的关心，请大家不要为我的事再分忧了，其实干什么工作都无所谓的，我这还年轻今后路还长，我想总会有适合我干的事情的，谢谢各位了，都回去吧。"

当教师这事过去差不多一个月后，公社分给梁志亮所在大队一辆拖拉机，但没有人会驾驶，公社要求选两名优秀青年到农机站统一培训，按照公社给下来的选派条件，梁志亮是最适合的，但必须由村党支部推荐。梁志亮的父亲跑到大队部，帮他报了名，在当时能开上拖拉机也是让人十分羡慕的工作，但在不久后公布的结果中，还是没有梁志亮。经过两次的落选打击，梁志亮也开始消沉起来，白天虽然生产队里的工作照干，但话语不多，平时比较活跃的性格，显得格外消沉低落。看着儿子闷闷不乐，梁志亮的父母也非常难过，因为在村里梁家是小户人家，2000多人的村庄，姓梁的才十几人。梁父看着消沉苦闷的儿子，心想不能再这么继续下去了。于是，他便尝试开导儿子说："志亮呀，没有什么了不起的，要振作精神，早晚还有机会的，当然要想改变命运，只能靠自己，有机会一定想办法离开这个地方，而且要带着弟弟妹妹离开，越远越好。"梁志亮听着父亲发自内心的肺腑之言，看得出这位中年男人的内心是多么痛苦，儿子很优秀，这是乡邻四舍都公认的，他为有这样优秀的儿子而欢慰，但又为眼下的状况无可奈何。梁志亮低头静听父亲的话，一字一句铭刻在心，他沉默片刻，然后慢慢抬起头望着父亲说："爸爸，您的话我都记住了，我会努力的。"

正当梁志亮彷徨无助之际，同村一位和他要好的青年伙伴阿卫，有一天找他："志亮呀，近段时间我们这一带，走了不少人，他们都偷偷到香港了，隔壁村的一位青年我也认识，前两个月偷渡过去了，前几天听他家人说，已经在那边落脚了，日子过得很不错，我想不如咱们也闯一下，待在家里无作为，你看看村大队部那伙人，想想你这两次我就来火，待在这里只能等死。"逃港是属违法行为，一旦被发现，抓回来是要劳动改造的，是要开大会批斗的，当事人会身败名裂的。所以逃港对梁志亮来说，简直就是晴天霹雳，吓出了一身冷汗。阿卫看见梁志亮这个样子，又滔滔不绝地说了一通。阿卫的叙述，多少打动着梁志亮沉闷的心灵，他长舒了一口气，内心充满着激烈碰撞，像洪流涌动，又像春风送暖。

回到家中，见父母都在，他把今日见到阿卫的事情向父母作了汇报，也想听听父母的意见。父亲听后沉思了许久，在梁家主要是父亲拿主意，母亲贤淑温婉，对于丈夫的决策她多是支持的，所以往往没有独立主意。去香港对当时的梁志亮来说是一个天大的事，面对如此重大的事情，对做父亲的来说也是很难决定的，看着父母十分为难的样子，梁志亮说："爸妈，我想和阿卫闯一下，留在乡里也不可能有出息，去香港虽然有风险，但只要我们小心谨慎，也可以减少些危险的。"听了儿子坚定而充满激情的话语，梁父慢慢抬起头，心想要摆脱贫穷和不公平的环境，靠等待是不可能的，为了儿子的命运和前途，应该让他去拼搏一下，闯荡一下。于是他拍着志亮的肩膀道："好吧，那就到大风大浪里去搏击吧，你尽管放心地去，家里有我和你妈呢，你爷爷奶奶就不必同他们说了，免得老人家担心，事成后再跟他们说去。"父亲的一席话，犹如黑暗中一盏明灯，照亮了梁志亮迷茫中前进的方向，更坚定了他外出闯荡的决心。

几天以后梁志亮和阿卫还有两位同村伙伴，一行共4人备好了干粮，按照事先规划好的路线，踏上前途未卜的旅程。他们先登上了往香港方向的火车，大约走了将近一半路程后，他们在一个车站下车了，因为过了这个站就属于管制区域，要检查边防通行证件了，所以他们一行4人只能下车改成徒步前进了。由于他们4人都是初次前往，事前也请教过曾经闯荡过的朋友，按朋友绘制的线路图和有关注意事项，他们下火车后，随即进入边防管制区域。为了安全他们不敢走公路，只能沿着公路方向，走小路和山路，他们不敢进村庄，更不敢随便与路人打交道。他们翻山越岭，跋山涉水，饿了就吃自己带的干粮，口渴了就在附近找山水喝，困了就找个隐蔽的地方休息一下。越靠近边境越要加倍小心，因为许多地方都有武装民兵把守巡查，有时白天不敢行动，只有到了夜晚他们才敢慢慢前行。

过了大概3天，他们终于来到了边境，前面已看见边境线，巡逻的军人荷枪实弹，还有那凶狠的狼狗虎视眈眈。这样的阵势如何才能过？几个人一时一筹莫展、束手无策。他们隐藏在树林之中，一边继续观察，一边沿着边境线仔细侦察看看有没有可乘空隙，但慢慢摸爬了一公里路左右，还是找不到可过境的地方。他们仍不死心，继续扩大范围，他们沿着边境线离前沿约500米处，进一步摸索前行。就在他们筋疲力尽之时，突然发现前面靠近边境线一处像有一条水沟，而且是横跨了两境，又比较隐蔽，他们断定顺着这条沟爬过去，那边就是香港地界了，伙伴们顿时精神振奋。这4个人当中，阿卫年龄稍大些，而且他还在省城闯荡过，所以阿卫比较成熟老练，为此所有行动决策他们基本上都是听阿卫的。他们先是在离水沟不远的地方藏在树林中暂作休息，据阿卫说，前面那条水沟，看起来是一个难得通道，但越是有可能过境的地方，越有可能存在危险，所以我们在这里观察两天再行动，以防万一。听了阿卫的意见大家都表示同意。深秋的夜晚，繁星闪烁，凉风悠悠，山林原野一片寂静，这个时候在家的人们，大人肯定是正做些小工艺，小孩们围绕着爷爷和奶奶要听故事，青年人三五成群在谈理想谈未来，可是梁志亮和阿卫等 4 个伙伴却已离开家乡 5 天了。初次离家，他们的心情难免有些寒凉，年纪较小的阿强更是满心酸楚，两眼湿湿，梁志亮看到这情形，心里也难免有些难过，但他毕竟是有文化的人，他懂得要想过上好日子，就要付出艰辛。想起这些，梁志亮对大家说："我们虽然现在艰苦些，但没有什么了不起的，坚持就是胜利！"阿卫也接着说："是呀，我们一定要坚持到底，听说那边只要肯干，能吃苦，很快日子就会好起来的。"大家你一言他一语慢慢地情绪都平静了下来，阿强和阿龙也有了微笑。

不知不觉已进入下半夜，这时离他们不远处，树林野草间传来嚓嚓的声音，阿卫非常敏锐地判断，很可能都是和他们一样的偷渡客，果不其然，随着距离越来越近，在朦胧中隐约地看见几个人，正朝着那条水沟方向摸去，阿卫把大家都叫醒了，大家非常紧张地注视着这几个人的动向。阿卫心想：一但这伙同道中人顺利过境，我们就随即跟上！于是他马上叫大家做好冲过边境的准备。眼前一幕来得突然，空气一下子变得非常紧张，大家屏气凝神期待前面的兄弟们顺利过线。唉，真是天有不测之风云，前边的兄弟在冲线之时，突然听到"——砰、砰、砰"三声枪声，随后传来边防战士的大声喝令："你们已被包围，再越半步统统把你们抓起来。"这是怎么回事呢，原来他们的行动是被边防潜伏哨兵发现了，万幸的是，边防战士并没有将他们抓起来，而是向他们明枪警告之后，劝他们迅速离开。这突如其来的举动把大家吓出了一身冷汗，从未见过这阵势，听到枪声，阿卫立即吩咐大家迅速转移，此地不能久留了。

经过一阵急速地穿林涉水，连滚带爬，他们来到了山脚下的一片树林里停了下来，这时天色已泛白，天快亮了。经过一轮紧张的行进，大家已精疲力竭，直到现在，大家还没有恢复过来。更让他们头痛的是，在转移中由于精神高度紧张，负责背干粮的阿龙，不小心把干粮袋弄丢了，唯一能支撑他们行动的基础干粮已不复存在，那意味着本次偷渡计划已无法再进行下去了，大家非常沮丧，怎么办呢？阿卫与梁志亮商量后，决定先休息到中午，看情形再决定，由于折腾了一夜，大家倒头就睡。山间的秋意，清凉入骨，山风扑面，那蚊子更像饿狼式的侵袭，蛇虫鼠蚁更像是遇见了难得的机会，个个争先恐后，向他们袭来。小动物们趁他们大睡之时，展开了毫不留情地竞赛。唉，真是可怜这4个小青年了，由于过度疲劳，他们已全然没有感觉，呼呼大睡。当他们一觉醒来已到中午时分，梁志亮醒来得比他们早些，看到兄弟们从头到腿都爬满了蚊子虫蚁，他顺手折断了一把小树枝，帮大家不停地驱赶着，好让兄弟们多睡一会儿。幽静的山野,绿水青山,奇花异草,芳香扑面,有节奏的蝉鸣,犹如大地配乐,大自然真美。可惜这一切丝毫未能挑动梁志亮的情绪,反而使他愈发忧伤。是呀,已离家6天了,偷渡路上艰难惊险,每时每刻都在提心吊胆、战战兢兢,尤其是年纪相对小的阿强和阿龙,更是整日忧心忡忡,几天下来本来青春活泼的小青年,现在个个无精打采,想到这些梁志亮内心一阵寒凉,百感交集。

不多会儿大家陆续醒来,看见志亮拿着树枝为大家驱赶蚊虫,阿强擦了一下双眼说:"谢谢志亮哥。"大家对视着,眼前的兄弟已经没有人样,一个个面红耳赤,蚊虫咬的伤口,又红又肿,憔悴难堪。看着伙伴的惨状,阿卫与志亮商量了一下,都认为已无精力和基础再熬下去,不如趁早收兵回家,待以后找机会再来。他俩把意见与阿强和阿龙讲了,也得到他俩的一致认同,于是他们收拾了行装,准备动身返乡。为了使大家的情绪提高些,心里舒服些,阿卫叫志亮跟大家讲几句,"志亮你同大家讲几句吧。"梁志亮顺着阿卫的话应和道:"我们现在决定回家去,这一决定虽然让人心里有些不舒服,但也是无可奈何之举,目前我们已无力再在边境线熬下去了,所以这次虽未过去,但收获还是有的。我们几兄弟都是第一次出远门、东南西北都分不清楚的人,我们按照朋友给我们的线路图,长途跋涉,跋山涉水,躲过重重关卡,总算摸到了边境线。经过这次行动,对我们心理、思想、精神都是一种磨炼,所以我们的收获是很多的。"梁志亮简短的讲话,使得伙伴们的精神有些好转,阿强和阿龙也露出了笑容。"志亮哥，你讲得对，哪有事一做就成功的，经历过程也很重要。"阿强面带笑容地说。阿卫听了大家的话，也宽慰了许多，他说："那好了，我们动身回家，据说朝北行走，一般不会被检查的，下山后我们可以走公路北上。现在我们已一天多没吃东西了，也没办法，只有途中碰碰运气，看看有没有吃的东西可以买，走吧。"

他们一行 4 人沿着山间小路前行，途中经过一条小溪，只见清澈的溪流潺潺地流淌着，溪流四周山花烂漫锦绣如画，欢快的鱼儿游来游去，他们忍不住放下行装，好好地洗洗头，洗洗脸。一阵清风飘过，憔悴和疲倦好像被赶走了许多，再加上回家心切，他们的精神面貌也略显轻松，阿龙还情不自禁地哼着小调，欢喜的神情溢于言表。经过一番洗涮后，他们重新踏上了归程。他们很快走下了山，沿着山脚下的农耕小道行走，此时正是烈日当空，天气酷热，约走了两公里，他们都已是大汗淋漓。虽然刚刚才冲洗过脸面，但几天来的高度紧张与折腾，又加上饥肠辘辘，他们还是难以掩盖满身的疲惫。

正是举步维艰之时，在不远农田里停着两辆拖拉机，可能是帮农民犁田的，现在是正午时分，大概是拖拉机手正休息吃饭。果不其然就在离拖拉机不远的地方，有几棵大树，在树荫底下隐隐约约地有几个人。看到眼前这样情景，阿卫提出要去碰碰运气，因为头尾两天没吃的了，肚子饿得发慌，这样下去是支撑不了多久的。阿卫说:"前方有几位师傅估计正在吃饭,我们已两天没吃东西了,去向他们讨点吃的,哪怕就是一点汤水都好,要不我们走不回去的。"听了阿卫的话,阿强跟着说:"好是好,如果能要到点吃的当然好,但就怕偷鸡不成,蚀把米,他们会不会把我们抓起来,送回去,志亮哥你说呢。"梁志亮听罢他们的对话后说"他们不应该抓我们,因为我们现在是回家,难道回家都有罪吗?这里不是边境线,所以应该没问题,我赞成去碰碰运气。"听到大家要去讨吃的,阿强哭丧着脸说:"那我们真是变成叫花子乞丐了,真没脸见人了。""还要什么脸呢,又不是去做坏事怕什么,走。"阿卫反驳,说完走在最前面,领着大家朝树林子走去。

不多久他们来到了树林子里,林子里有4个人,看见阿卫他们破破烂烂、筋疲力尽的样子,一眼就知道他们是偷渡没成功的。4个师傅当中,有一位年纪稍大的约40岁左右,油黑的头发,浓眉大眼,十分壮实,说话声音洪亮有力,见到他们后,还没等阿卫他们开口,就说:"你们是想去那边的吧。"师傅对着他们用手指向南方说道:"是的,但过不去,现在回家,几天没吃的了,想向师傅们讨点吃的。"阿卫接着师傅的话应道。"小伙子呀,偷渡不容易的,每天在边境线上抓回不少人,我们在这里也经常碰到像你们一样狼狈不堪的,真够你们受苦的了。"师傅语气中露出同情之意,这使梁志亮一行都快提到嗓子眼的心略略放下些。跟着这位师傅劝其他3位同事少吃点,留些统统让给阿卫他们吃,并大声说道:"不要客气,全部把它消灭光。"此时阿卫、志亮他们真是感动得热泪盈眶，吃着师傅们省下来的米饭，像久违的美宴，格外香甜，好味得难以形容！他们4人每人盛了一碗，然后狼吞虎咽，瞬间把碗里的饭吃个精光。领头的师傅又把装汤水的木桶提过来说："小伙子呀，这里有冬瓜汤，米饭不够饱，就多喝些汤水吧。"这真是雪中送炭。于是他们又满满地盛上冬瓜汤，狼吞虎咽起来。见他们这个狼狈相，师傅们既怜惜又同情，"真是难为你们了，你们是哪里人呀，出来多少天了？"大师傅先问他们。梁志亮回答道："我们来自东城，已出来7天了，带的干粮弄丢了，所以两天没吃东西了，师傅大哥，谢谢您们了，您就是我们的救命恩人啊，我们永远记住各位师傅大哥！"梁志亮说完，领着大家深深地向师傅们鞠躬致谢！大师傅连忙道"用不着客气，像你们这样的，我们经常遇见的，哦，从这里回东城还有100多公里，这里往西走一公里左右，就可以上公路了，你们沿着公路往北上走50公里就到了章树了，到了章树就可以搭火车回东城了，50公里你们可得走上整整一天时间，真是够辛苦的了。"好心的师傅大哥连怎样行走都告诉了他们，梁志亮他们一行4人真的遇上了贵人，恩人了。

经过一番战斗，他们真的把师傅们省下来的，饭菜汤渣，全部一扫而光，吃完饭后梁志亮叫阿卫，拿出两块钱给师傅，师傅十分生气地推拒着地说："小兄弟呀，你太见外了，人这一辈子谁敢保证不会遇上艰难困苦的，帮助人家一下算不了什么的，好了，你们还要赶路，趁早赶快走吧。"听着师傅朴实的话语，梁志亮十分感动，他深情地望着面前这位好人大哥，禁不住热泪盈眶，他移步上前握住师傅的手说："大哥请问尊姓大名？我叫梁志亮，东城石峰人。""免贵，我叫陈金才，是本县龙和农机站职工。是呀，山水有相逢，说不定哪一天我们还会见面的。"陈师傅大大方方地回答着，大家客气寒暄一番后，阿卫、梁志亮一行4人，告别了师傅们，顶着酷热踏上了回家之路……

久远的往事，回忆起来像电影般演绎。坐在面前的陈局长，难道真的是当年的救命恩人陈师傅？梁志亮仔细地端详着，好像是，但又不敢肯定，于是梁志亮小声地问坐在身边的林站长："陈局长是叫陈金才吗？""是的。"梁志亮自言自语地说："找到了，终于找到了。"坐在同桌的同志还以为梁志亮找到了什么呢，这时梁志亮起身走到了陈局长面前握住他的手，激动地说："陈大哥呀，终于找到您了。"陈局长似乎也想起了些什么。梁志亮继续说："我就是当年那个偷渡不成，向您讨饭吃的小伙子，东城人。"陈局长好像也想起来了："哦，想起来了，刚才进来一坐下，我就感觉好像曾经见过你。当年你们一行4人，在4个人当中，印象最深的就是你，你说话很有礼貌而且很感人，你们走后我向他们几个说，这位梁志亮是个人才，将来肯定会有出息的，当时林站长也在，是不是呀林站长。"听陈局长这么一说，林站长再看看梁志亮，深有感触地说："当年长相模样还在，但现在英俊健壮多了。"陈局长接着说："一晃10多年了，你又怎么来到江海的？你们几个都好吗？"梁志亮简单地介绍起来："自从那次偷渡没成后，回到家里刚好遇上了征兵，我父亲给我报上了名，村里几十个适龄青年只有我身体合格，所以就去当兵了，今年年初转业到江海，分配到保险公司。其他3个伙伴，那个年纪大些的叫阿卫，他后来还是偷渡过去了，其余两人在家务农，陈大哥你是我的大恩人啊，谢谢您当年救了我们啊！""那都是应该的。"陈局长附应着，这时坐在一旁的蒋涛插话说："陈局长，多谢您当年给了碗饭给梁大哥吃，不然的话饿坏了他就没法当兵了，当不成兵就成不了战斗英雄了。"众人听了蒋涛这番话，都用十分敬慕的眼神望着梁志亮，梁志亮谦和地应道："是呀，没有当年陈大哥、林站长伸出援助之手，我们很难走到章树火车站，后果就很难说了，说千言道万语，陈大哥、林站长你们都是我的大恩人呀！"老朋友相遇，真是说不完的心里话，道不完的昔日情。那人世间生生不息的情谊，犹如东江水，滔滔不绝！

第十三章　挑担子

随着公司改革调整的深入，江海市保险公司的组织架构已公布实施，全公司设置为：总经理室，办公室，人力资源部，财务部，电脑部，国内业务部，国外业务部。另外，财务部和两个业务部，内部分设三个科，梁志亮所在的国内业务部，分一科、二科、三科。国内业务部经理，由原来李科长升任，行政职级为正处。一科科长由梁志亮担任，二科科长由钟松担任，三科科长由罗平担任，行政职级均为正科。具体业务范围是：一科业务是机动车辆、船舶及企业财产保险；二科业务是货物运输保险；三科业务是人身保险、家庭财产保险。

组织架构宣布后，公司随即以新的机构开始运作。今天国内业务部在公司会议室，召开第一次全体职工会议。国内业务部共有干部职工30人，是公司人数最多的部门，其中一科17人，二科5人，三科7人。公司总经理梁自成亲临会议现场，会议由李经理主持。

李经理怀着十分兴奋的心情说："今天我们在这里召开本部第一次全体干部职工会议，我们非常荣幸地邀请到公司总经理梁自成同志莅临指导，现在让我们以热烈的掌声欢迎梁总给我们讲话。"李经理讲完后，梁自成起身发言，他说："同志们，大家早上好！今天到国内业务部参加第一次干部职工会议，我非常高兴，我们江海市保险公司，根据国家改革开放政策的要求，改革调整了业务架构，以崭新的姿态，以更大的步伐推进改革开放，为特区经济发展，为中国特色社会主义事业保驾护航。我们肩上的担子非常繁重，我们的使命无比光荣，我们在探索实践的道路上，要当好保险业发展的探索者和排头兵，在当前社会主义计划经济制度的前提下，如何建立适应市场经济模式的，具有时代要求作用的社会主义保险体系，是我们江海市保险公司的责任担当。所以，我希望大家要振作精神，发扬特区人敢想敢干，敢为天下先的革命精神，为建设江海经济特区，做出我们应有的贡献。"梁自成总经理的讲话，从特区保险事业发展的高度，向公司业务发展承担主要任务的国内业务部提出了明确要求。讲完话后，梁自成总经理还要参加其他会议，就先离开了。

李经理送走了梁总经理，回到会议室继续开会。会议室非常安静，也许是第一次会议，大家都估计到业务工作必定有新的部署和安排，所以参会人员都很认真。李经理回到座位后，顺手拿起杯子喝了一口水，然后开始讲话，他说："今天是我部改革调整后，第一次部内全体干部职工会议，刚才梁总给我们作了重要讲话，如何在改革开放中，更好地配合我市经济建设，发挥保险保障作用。这是一项重要任务，我们必须大胆探索，积极实践，履行使命，不要辜负公司领导和上级组织对我们的期望。我部分成 3 个科，各科科长，人员和工作任务都已明确，希望 3 个科长，要认真并积极带领员工，根据工作任务性质，合理安排好人员，大胆迅速地开拓业务，为创造特区保险业发展新局面做出贡献。"

在今天的会议中，梁志亮一直聆听着两位领导的讲话，并不时地做着笔记，但其内心始终处于沉默和思考中。这是为什么呢？因为这次改革任命梁志亮担任科长职务，他本人是没有思想准备的，自前天李经理找梁志亮传达公司党委决定，任命他为业务一科科长，他的心情既高兴又有些担忧，高兴的是公司领导对自己信任，让自己负责这么重要的岗位；担忧的是自己接触保险工作时间并不长，有些险种业务技术操作还不太熟练。梁志亮自部队转业到地方工作，已经有 3 个月了，尽管在新的岗位里刻苦学习，努力钻研业务知识，也单独地完成了一些业务拓展，但毕竟到公司时间较短，各险种知识及拓展方向、服务对象，等等，掌握了解还不够全面，担任科长职位怕影响工作，辜负领导希望。对于这些担忧和顾虑，他也坦诚地向李经理汇报过，李经理也鼓励他大胆工作，李经理说："志亮呀，这次公司党委在干部任用问题上，是非常谨慎和严肃的，在这次机构改革调整中，你被委任业务一科科长，你要知道业务一科，是我司重要的业务科室，之所以选你来当这个科长，是因为在你身上体现出一种顽强不屈、吃苦耐劳、奋勇向上的精神风貌，有了这些品格，什么困难都能克服的，至于业务知识嘛，边干边学，我相信组织不会用错人的。"李经理的一席话，有如春风化雨，慢慢地打开了他的心结，也大大地增强了他的信心。回到家里妻子也鼓励他，李海丽说："既然领导相信你，就应该大胆干，不要瞻前顾后。只要拿出你在部队当连长的干劲，在地方同样能胜任的。"公司领导、家里亲人都对梁志亮给予了积极鼓励，使梁志亮信心大增强，他想既然组织信任我，那我就竭尽全力去努力。

今天国内业务部召开的全体干部职工会议，李经理也向各科提出了要求，梁志亮第一次以一科科长的身份参加会议，李经理讲完后，要求每个科长谈谈工作计划，李经理说："先由一科科长梁志亮谈谈。"被李经理点了名要发言，梁志亮略略思索了一下，然后站起身说道："各位同事，大家好！今天承蒙组织信任，让我担任一科科长，我深感责任重大，同时又担心自己能力有限，怕干不好耽误公司工作，连日来我想了很多，今天终于想明白了。我们业务一科是一个团队，团队的战斗力是无穷的，我作为科长就相当于部队连长吧，当连长我有经验，地方工作和部队工作，只是担负任务性质不同，但完成任务的方式和道理都是一样的，当然，要把一科工作做好，还需要一科同事们的共同努力。根据一科业务特点，我想现阶段工作，主要从如下几个方面去努力：第一，车险业务，在继续做好柜台上门业务基础上，重点提升主动服务质量和工作效率。所谓主动服务，不只是对上门客户的热情有礼，当然这是最起码的要求，因为工作人员的态度关乎公司的口碑，关系到公司形象，对此必须做好。除此之外，就是要把服务送到客户当中去，我认为，我们是社会主义保险业，就应该服务于人民，为老百姓提供方便快捷的服务，所以，除做好营业部工作之外，今后还要到业务比较集中的地方去设点，比如，东口岸，这里进口车辆多，车辆从这里进口后发往全国各地，因此应尽快在这里设立出单门市。第二，要设计改革机动车辆临时短期保险条款和保单，两者融为一体，这项条款和保单专门服务口岸门市，节省操作时间，方便过境客户。第三，深入工矿及企业，宣传和发动群众，大力推进企业财产保险，掀起企业财产保险业务拓展高潮，请求公司办公室协助我科，做好宣传材料的设计和印刷，为推动企业财产保险发展奠定基础。第四，要做好理赔工作，严格按照八字方针，主动、迅速、准确，合理的原则，为提升出险客户的保障效应而努力。以上是现阶段一科工作重点。如有不准确不全面的还请李经理和同事们补充。"梁志亮讲完后，二科科长和三科科长也分别作了发言，然后由职工分别对工作提出补充意见，最后由李经理作了总结，李经理说："今天会议开得很好，特别是三位科长，就当前工作谈了计划，很周到，很全面，很有开拓性，也符合实际，我都很赞成，希望散会后要迅速落实，争取早日见成效，好了，今日会议到此结束。"李经理讲完后，叫梁志亮到他办公室去，其他人员回到各自的岗位去工作了。

按照吩咐，梁志亮来到李经理办公室。李经理办公室是独立的，房间并不大，但整理得非常雅致，看得出李经理是个非常有品位且十分儒雅的人。李经理是 20 世纪 50 年代的大学生，是个知识分子，由于经历的大风大浪多了，无论是做事或讲话，都显得非常谨小慎微，他说话声音比较小，比较文雅，从不说脏话粗话，但他对军人出身的梁志亮还是比较欣赏的。在 20 世纪 80 年代，保险公司是个事业单位，又是个新设机构，大部分干部职工政治背景都非同一般，这些干部职工比较有优越感、有个性，但也有比较谦和的，不过并不多，所以要管理领导一支这样的团队，还得要讲些方法。正因为有这些因素，公司领导才考虑由部队转业的梁志亮，来领导这样的一个团队。而这次李经理将梁志亮留下，也是想再次提醒他。李经理说："志亮呀，刚才在会上你讲的工作计划，我认为还是很好的，但关键要有具体内部推动措施，促使所有员工，根据各自岗位自觉工作，这还需要下一番功夫呀。希望你排除所有顾虑，充分发挥你的聪明才智，争取实现目标。如有困难可随时找我。"听完李经理的话后，梁志亮接着说："是的，困难肯定有，但我有信心克服，关于内部管理机制如何制订，这两天我好好想想，有了初步方案后，再送您审定。""好的，大胆干吧！"李经理再次鼓励梁志亮。

辞别了李经理，梁志亮回到了办公室。自从宣布梁志亮任业务一科科长后，他也从营业部搬到隔壁一个大房里办公了，这里除了营业部的职员外，业务一科所有人也都在这房子里办公，梁志亮是在右后角，一张与大家一样大的办公桌。梁志亮所在的办公室内共坐 10 个人，其中有 5 位干部是负责理赔工作的，另外 5 位包括梁志亮，主要是负责船舶及企业财产保险拓展的。公司改革调整后，也陆续增加了一些人，由于梁志亮到公司任职时间并不长，许多人并不熟识，所以有机会在办公楼的过道、楼梯通道的拐弯处，听到干部职工私下对改革调整的种种看法和意见。有一次梁志亮出去办事，在路过楼梯拐弯处，就听见几个人在那里嘀嘀咕咕："那个姓梁的才来公司几天呀，屁股都没坐热，竟然当上科长了，反过来领导我们了，真是不公平。""嗨，你别看人家虽然来得迟，你知道吗？人家是立过战功的呀，而且又会开车，前段时间人民银行分给我们的一辆 26 座客车，全司没有一个人会开的，急得姜主任直跳脚，后来还是请他开回来的。""唉，不要小看人家呀，小心被人家敲你脑袋。"各种议论，入耳纷纷……梁志亮默默地承受着，他暗自想：只有通过努力，拿出成绩，才能使大家信服。他紧握拳头暗自立誓：一定要把工作做好，把业绩搞上去，为自己争气，为军人争光。

第十四章　管理初探

　　吃过晚饭，梁志亮见夜色不错，幽远的天空，月牙高挂，繁星闪烁，便向妻子提议，带着晓穗外出走走。自从到公司上班后，一直处于忙碌状态，由于环境及业务都比较生疏，为了尽快适应环境，早日熟识业务，梁志亮全身心投入其中，到现在都好几个月了，还未曾与家人一道轻轻松松地出过门。海丽见志亮难得有这份心情，于是放下手中的家务活，带上晓穗，一家三口，沿着小区边上的马路慢步前行。晚风吹过，真是秋风送爽，令人心神愉悦。可能是快到中秋节的缘故，只见马路上骑自行车的人们，车后架里都带着大大小小的月饼盒。晓穗一边走一边不停地提出一些令她好奇的问题："妈妈这是什么东西？"晓穗指着路边小摊里摆放的庆中秋用的花色灯笼、风车等，天真地问。"这叫灯笼，这叫风车……"李海丽逐一回答着。晓穗看着这些小摊里摆放着的色彩鲜艳、造型可爱的小东西，非要妈妈买上一两件不可。李海丽对她说："妈妈出来时没带钱，下次一定给你买。"梁志亮见晓穗不高兴得撅着小嘴，便将她抱起一面走一面哄。

这时前方不远处，高音喇叭传来悠扬动听的《十五的月亮》，歌声阵阵，又一次引发梁志亮对军人的无限情怀。望着天上的星星月亮，想起了边关的夜晚，宁静而忧伤，因为在松涛连绵的山峦上，只有野兽和敌人出没，还有那子弹上膛的士兵，边关的夜晚寂静且令人心颤。指战员们离乡背井，在宁静寂寞的边关上，保持着百倍警惕，守卫着祖国的安宁，让敌人胆战，让人民放心。是军人无私的付出，换来了身后的万家灯火……想到这些，梁志亮发出了由衷的感叹。不知不觉间，夜已渐深了，梁志亮领着和和美美的一家人，顺着马路朝家而去。

回到家里梁志亮看了一下挂钟，时针已指向晚上 10 点。妻子海丽一到家就张罗着为晓穗洗澡。梁志亮洗了一把脸，然后移步走到客厅，这时一种责任感油然而生。面对当前的工作，他深感有压力。如何破解眼前困难，这是关乎自己走马上任后能否打开工作局面的大事，所以他必须要尽快拟定管理方案。于是他对妻子说："今晚我要把业务一科的管理方案草拟出来，明天交李经理审定，你和女儿先休息吧。""好的，你也不要太晚了。"李海丽回答着，她深知丈夫目前的处境，刚当上科长不做好工作，是对不起领导信任和同事期待的，她同时也相信志亮的能力和决心。梁志亮回到书房，他思索着单位的管理应如何有效，正当他苦苦思索时，抬头看见放在书架上自己的军人照片，他一下子联想到部队管理，联想到军旗。部队管理极其规范，主要是靠各项规定制度和纪律的约束；而取得战斗胜利的标志，主要体现在军旗上，军旗不倒，士气不散，军旗插在山头上，阵地就在我们手上。想到这些，梁志亮豁然开朗：对了，我们日常工作就遵从条例和旗帜展开。有了这个基本思路，梁志亮开始动笔，他根据每个小组每个单元所担负的工作任务性质，进行有针对性的设计。

第一项，是营业部，营业部的工作主要是办理上门车险业务，其重点关注的问题是：一是服务态度；二是出单速度与质量。具体措施是：第一，设立服务评价及投诉信箱，放在营业大厅显眼位置，方便客户对服务的监督和评价，如出现某个人被投诉，即公司给蓝旗一面，如出现表扬则给红旗一面。第二，效率和质量，几个负责出单人员，每月统计出单量，如出现低于平均量的给予蓝旗，如达标给予红旗，每月奖金按红、蓝分别发放，即奖金与红旗和蓝旗数挂钩，打破铁饭碗。考核由各组长负责，然后由科内勤抽检，最后由科长签发报公司人事资源部核发。第三，建立工作条例，明确各组要求，若达不到要求者，则给予蓝旗，达到要求者，则给红旗。

第二项，是理赔工作。一是服务态度与质量：同营业部一样，建立评价与投诉信箱，出现投诉或不按要求办事的，给蓝旗，达标给红旗。二是结案数量没达平均数给蓝旗，达标的给红旗，超平均指数的另外奖励。三是建立工作条例，按通用原则执行。

第三项，是企财险及船舶险拓展。一是服务质量，主要是视深入厂矿企业宣传发动情况，每人每月要到 5 个以上单位去宣传发动，达标的给红旗，反之，给蓝旗。二是工作成效，每月按承保标的为考核单位，平均每月每人承保标的项目达两个为红旗，反之为蓝旗，超额另外奖励。三是建立工作条例，按通用原则执行。

梁志亮不愧为军人出身，机动灵活，他把复杂的管理问题，用红蓝两面旗帜就解决了，既简单易懂，又方便操作。待梁志亮放下手中的笔时，已是凌晨 1 点了，他收拾了手中的纸笔，然后回房休息去了。

第十五章　争论

　　梁志亮将关于业务一科经营管理方案呈交给李经理已有数天。李经理收悉后，感觉问题严重。此方案与现在的管理体制相比，存在很大的差异，它必将对现行管理造成很大的冲击。目前公司除了上下班时间有规定之外，对干部职工没有太多约束，更谈不上对工作成效、服务态度、工作质量等有实质的管理；干部职工工资、奖金等收入基本不受工作的好坏、工作量的多少等的影响。所以，李经理收到梁志亮提交的方案，对他来说他哪敢拍板？在他看来，这简直就是破天之举，他唯有将此方案呈送到总经理处审批了。

　　接到国内业务部呈来的管理方案，梁总经理批转给党委成员传阅。总经理室成员传阅后，也没有人敢表态，到底赞成或反对，都无人发声。梁自成总经理看到此情况，决定召开党委会来定。翌日，公司召开党委扩大会议，会议除了公司党委委员外，还邀请了李经理和方案起草人梁志亮参加。会议由梁总经理主持，梁总经理说："今天我们召开党委扩大会议，议题只有一个，就是研究梁志亮同志起草的业务一科的管理方案。为什么一个科的管理方案，要拿到党委会上来研究呢？因为这个方案打破了我司现行管理制度，对当前体制是一个空前的冲击，责任重大，我们必须认真讨论研究。前几天，我已批转此方案给大家传阅，大家应该都看过了，现在就请大家发表意见吧。"梁总经理讲完后，会议室肃静片刻，大家还在沉默。

的确，梁志亮提交的管理方案，是一个非常难以把握的大问题。梁总经理看到大家还没发声，便又催促说："大家都发表一下意见嘛，不要顾虑太多，畅所欲言。"在梁总经理的再三催促下，主管人事及监察纪检的陈副总经理打破了僵局。陈副总说："我看了梁志亮同志起草的管理方案，两天睡不着觉，为什么呢，此方案不单单是一个企业内部管理那么简单，他的性质是举什么旗，走什么路的大问题，我个人觉得梁志亮同志的文案，具有资本主义的成分，因此，我本人不同意此案。"陈副总经理用非常激奋的语调，阐明了自己的观点。这样一来会议气氛显得有些紧张。接着分管办公室、公司工会、行政事务的王副总经理说："近两天我也着实地研究了梁志亮同志提交的方案，我总觉得与我们现行的制度不符合。第一，方案中提出以旗帜作为管理抓手，分红、蓝两种，这样无形之中会导致干部职工之间的矛盾，影响干部职工间的团结，如果一个单位团结出了问题，那还能干得好工作吗？第二，通过扣发奖金来管理干部职工，不符合职工工资福利保障原则，侵犯了干部职工的正当利益，如此，等等……我也不赞成此方案。"

公司党委委员共 5 人，会议进行到现在，已有两位委员反对此方案，梁总经理想：如果不想法扭转这局面，很可能就会出现一边倒的情况，此方案就不可能通过，什么改革调整都将成为空话。他本人是支持改革的，也支持梁志亮的方案，但党委有议事规则，最后是少数服从多数的。为了打破这个局面，他提议让方案起草人梁志亮，谈谈起草此方案的初衷。于是梁总经理说："这样吧，下面先请梁志亮同志介绍一下起草此方案的目的吧。"听到梁总的提议，梁志亮便把自己拟订方案的想法向在座的领导作说明，他说："各位领导，早上好，我非常荣幸能参加今天的会议。这次承蒙组织信任，让我负责业务一科工作，我深感责任重大，辗转反侧，彻夜难眠。如何把科里的工作做好，不辜负组织对我的信任呢？我认真考虑了很久，是继续延用公司目前的管理制度，或是创造性地进行改革，使之更有效地产生成效？的确是个难题，我们科目前是公司业务量最大的，而且涵盖车险、船舶险及企业财产保险，随着业务量不断增大，在办公大楼上班的干部职工，会有一些同志，必定需要走出公司办公楼，分散到业务一线去为百姓提供服务，这样一来怎样才能使干部职工自觉工作，主动拓展呢，所以必须要有一个管理制度和管理手段，大家知道，我是军队转业干部，因此自然联想起部队的一些做法，就想起了军旗，就想到旗帜。所以在方案中用红、蓝旗区别每个人工作的好与差，又与奖金部分挂钩，使旗帜具有含金量，从而增强大家的积极性，奖勤罚懒，多劳多得。我草拟此方案，主要是从本科管理效果去考虑，没有多想其制度的本质，更没有走资本主义道路的动机和意愿，纯属企业管理的一项措施而已，以上就是我起草本方案的基本想法，不当之处，请各位领导批评指正。"

梁志亮心平气和地把自己拟订方案的基本情况和盘托出，坦诚而坚定。是呀，一个单位如果没有相应的管理措施，等于没有航向，更不可能达到预期目标的。梁志亮话音刚落，分管业务工作的张副总经理也作了发言，他说："听了梁志亮的介绍，我认为梁志亮同志对目前的工作，是进行了深入研究的，他起草的管理方案，对推动公司业务发展，提高干部职工的积极性是有利的，公司不能无章法，奖勤罚懒，多劳多得理所应该，与扛什么旗，走什么路扯不到一块去，它纯属企业在经营管理中的一种管理手段而已，所以我同意此方案。"张副总态度明确而坚决。现在，没有发言表态的就剩下李总经济师了。待大家都发表意见后，李经济师也作了表态，他话不多，但态度明确，他说："我同意张副总的意见。"会议进行到现在，是2位反对，2位赞成，可谓势均力敌，泾渭分明，最后就看梁总经理的意见了。梁总作最后总结发言前，也问了一下李经理："老李呀，你的意见如何？"李经理回答道："党委定吧，我听党委的。"看得出李经理十分谨慎。

会议最后由梁总经理作总结性讲话，他说："今天我们这个党委扩大会议，大家就梁志亮起草的管理方案，讨论得很热烈，大家畅所欲言，充分表达了自己对方案的认识和态度，非常好。我们公司正处在国家改革开放的大潮里，在我们江海市，各行各业都面临改革调整提高的任务。国家实行改革开放，不少新鲜事物需要我们面对，过去旧的东西，随着改革开放的深入，必然会受到冲击而改变，否则就很难生存，更谈不上发展。从现在起我们必须要有充分的思想准备，我们是社会主义保险业，为人民提供保障服务是我们的职责，为了确保我们的保险事业，真正地在改革开放的浪潮中，切实担负起为工矿企业，为全体江海市人民提供风险补偿服务，为了要确保这一点，我们必须要有一支良好的、优秀的、高效的干部职工队伍。我们的干部职工绝大部是好的，都能自觉工作，积极完成任务，但也有一些同志自觉性是不够的，甚至是不称职的，所以就必须建立一套管理办法，对好的干部职工要奖励，对差的干部职工要促进要处罚，通过有效的管理机制，使得公司保持正确航向前进。改革、开放、调整是我国目前政治经济工作的主旋律，经济建设是我们全党全国一切工作的中心，我们必须要与党中央保持一致，打破陈旧观念，吸收新的理念，不断提升自己，当好保险事业的排头兵，种好保险事业的试验田。综上所述，梁志亮起草的管理方案，我是同意实施的，这是我们公司第一个与工作成效挂钩的管理方案，难免会有些不完善的地方，但不要紧，在实施过程中不断加以完善，使之获得良好的管理效果。业务一科在改革调整中，为我司探索改革途径迈出了可喜一步，希望方案实施后，你们拿出好的经验，杀出一条血路，为全司改革调整提供好的借鉴和动力。"

梁总经理最后总结，不仅明确了梁志亮起草的管理方案的必要性，而且就当前公司改革调整，要求领导班子要与时俱进，不断吸取和更新观念，保证公司改革调整顺利进行。党委会经过一个上午讨论研究，终于统一了思想认识，通过了国内业务部一科的管理方案。这使梁志亮非常开心。下一步就是落实方案的具体工作了。对此，梁志亮充满信心。

第十六章 下乡去

　　初秋的江海，天清气爽，气候宜人。梁志亮有晨练的习惯，这一点还要追索到少年时期。因为家中弟弟妹妹多，生活困难，勤劳聪明的父亲，在生产队分给的自留地上，有计划的种上各种时令蔬菜，还在一些荒山边角处，开垦了一些地块，零零碎碎加在一起不少于一亩地。所有这些都种上各种蔬菜瓜果，而这些蔬菜瓜果，都是由梁志亮负责拿到街上卖的，所以每天凌晨 4 点，父亲就把正在熟睡的梁志亮唤醒："志亮，志亮，起床了。""哦，知道了……"有时实在太困，梁志亮在朦胧中回应了父亲后，又不知不觉地睡过去了，父亲往往叫完之后，待一会儿还不见他醒来，又要重新叫一次，这一次父亲往往比较严厉。听到父亲的第二次喝令，梁志亮再也不敢怠慢，一个翻身起床，然后才睁开双眼，这时很想多闭一会儿，不想那么快睁开眼睛，困呀困呀实在是困。但困又能怎样，必须马上洗脸出发赶到集市去。在父亲的严厉指挥下，父子俩走到村路口，父亲帮他捆绑好一担蔬菜放在自行车尾架上，大约有 100 多斤，然后将自行车交给他。父亲站在村口，目送着梁志亮拖着 100 多斤重的蔬菜，骑车慢慢远去……梁志亮卖完菜后，还要赶到学校上课。当时梁志亮只有 14 岁。从那时起，梁志亮就被迫养成了起早的习惯。后来到了部队，部队里的战斗生活，更加强化了梁志亮早起的习惯。

今天梁志亮像往常一样，清早起床后来到马路上，他沿着马路辅道开始跑步，他自己定了个目标，每天必须长跑 5 公里。不愧为军人出身，梁志亮跑步的姿势非常标准，双手弯曲提至腰际，身体微微前倾，前脚掌着地，由于姿势正确，最加上强壮的体魄，步伐坚定而快速，5 公里下来，面不改色。良好的身体素质，是干好工作的保证，为此他把体育锻炼当作日常工作的一部分，规定每天必须早上 6 点钟起床，然后锻炼一小时，不管是春夏秋冬，严寒酷暑，都雷打不动地坚持。从这一点可见他坚忍不拔的意志。

自从党委会开过后，梁志亮趁热打铁，在李经理的指导下，召开了业务一科全体干部职工会议，传达了党委会精神，同时宣布了经营管理方案，会后大部分干部职工表示支持和理解，但也有个别同志有怨气、怒气。不过，这些同志在梁志亮耐心做了工作后，也逐步消除了顾虑。到此为止，梁志亮的内部管理方案正式运行。在安排好内部管理工作后，为了推动企财险业务发展，梁志亮针对企财险的业务拓展，制订了拓展计划，他提出 5 个人分成两个小组展开工作。为此，他召集负责企财、船舶保险业务的 5 名同志开会，在会上他谈了自己的想法，他说："今天请大家来，主要是研究如何进行企财、船舶业务的拓展工作，大家知道，我司企财、船舶两险几乎是空白，为什么呢？因为这两项业务不像车险业务，机动车第三者责任险是强制性的，有政府特别是交通管理部门支持，所以客户主动找保险公司，而企财及船舶就不同了，要发展此项业务，必须深入到工矿企业及海上安全管理部门，做深入细致地宣传发动工作。所以，我计划我们分成两个组，我带两个人到下面公社去，住在那里开展工作，市里由组长郑成同志带两个人开展工作，我相信只要我们蹲下去，就一定能打开新局面。"听了梁志亮的讲话，大家你一言我一语展开了热烈的讨论，经过一番讨论，组长郑成向梁志亮反映："梁科长，我也赞成兵分两路下去开展工作，但现在的条件还不具备，因为我们手头上什么宣传资料都没有，下去之后如何向大家宣传？不如现在我们着手准备好宣传材料再下去，这样会好办些。""是的，郑成反映的问题确实存在，但我们不能等待了，那怎么办呢？首先，我看我们要熟读保险概论，自己先弄清什么是保险。其次，在现行没有宣传资料的条件下，我们带上自己的名片、保单样本、保险条款、保险费率表等业务资料，现身说法，一样可以取得效果的。同时我会找李经理，请部门帮忙准备组织宣传材料，估计再有半个月时间就可以印好了，到时我们再使用，但目前不能等待了，我们要争分夺秒，没有条件，创造条件也要上。""那好吧，就按科长吩咐做吧。"郑成说。梁志亮一锤定音地说："就这样定了。

后天我和王小明、沈方两位同志到沙堂公社，其余同志由郑成负责在市内开展工作。祝大家工作顺利。"

会后梁志亮又分别跟营业部李莉，理赔组组长曾少林交代了相关工作，最后到了李经理办公室，把有关情况做了详细汇报。李经理非常支持梁志亮的工作计划，他十分欣赏梁志亮的工作干劲，也赞同他的拓展计划，上个月派他到龙和公社农机站，他不仅成功地把业务开展起来，而且还带动了全市农机系统的承保工作，真是了不起，对此他深有感慨地想，如果公司多几个像梁志亮的人，还愁打不开工作局面？听完梁志亮的汇报，李经理十分关心地对梁志亮说："你们下去住宿安排好了吗？"梁志亮回应："已安排好了，我有个战友在沙堂公社当武装部长，他给我们联系安排在公社招待所，我又问过办公室，住宿费标准每人5元一天没超标的。"李经理："那好吧，你们放心去，部里会关注一科工作的，你还有什么问题吗？哦，有件事差点忘了同你讲，沙堂公社农业银行李行长是我朋友，这里我写了一封信由你带给他，因为农业银行同企业打交道多，我叫他帮助你们开展工作。"梁志亮接过信，高兴地说："太好了，有农业银行支持我们工作，就更好办了，谢谢李经理！"向李经理汇报完工作后，梁志亮离开了他的办公室，信心满满地迎接新的挑战。

第十七章　热血卫疆

　　这天一早，梁志亮领着王小明、沈方，加上新增加的车险业务的蒋涛，一行4人乘坐公交车来到了沙堂公社汽车站。他们刚下车，就见到了在车站守候多时的沙堂公社武装部刘海强部长。刘部长见到他们下车，便大步走上前去，双手握住梁志亮的手说："老连长呀，今天我们终于重逢了！"梁志亮也激动地说："是呀，我们已分别4年了，时间过得真快。"握过手后，梁志亮向刘部长逐一介绍了随行的同事："海强呀，这是王小明，这是沈方，这是蒋涛。""好呀，欢迎大家，欢迎大家！"刘海强也逐一同每位人员握手，然后边走边谈，不多会儿，他们来到了刘部长派来接他们的汽车旁。汽车是一辆旧面包车，刘部长亲自拉开车门，让大家上车，待大家上车后，他亲自驾驶汽车，不多会儿，汽车已到了公社招待所。

　　招待所比较简陋，里面陈设非常简单，房间里摆放着，两张床铺，一张长方形小桌，两条板凳及一个保温瓶和几个水杯。招待所共 5 个房间，每个房间安排两个人住，招待所不对外，主要是方便来公社办事的客人临时住宿。梁志亮他们 4 个人，安排两间房。刘部长领着他们办理完入住手续，抬手看了一下手表，已到 12 点钟了，便说："老连长，时间不早了，先把行李放好后，我们去吃午饭吧。""好。"梁志亮回应道。4 人把行李放好后，跟着刘部长来到了公社食堂，按照食堂的规矩，是先买饭票后凭饭票到窗口领饭，5 角钱一份，都是配好的一菜一汤一碗饭，用托盘放好，食堂工作人员待客人来一个给一份，简单利落。入乡随俗，梁志亮等几个人也照此办理。刘部长本来出于对老战友的关怀，已经准备好饭票给梁志亮的，但被梁志亮婉言谢绝了，梁志亮说："海强不要客气，我们都有下乡补助的，你留着自己用吧。""这样多不好意思呀，来到我这里，让我尽点地主之谊嘛。"尽管刘海强有点尴尬，但大家有说有笑，不知不觉饭已吃完。刘部长把下午的工作安排，向梁志亮介绍了一下，他说："老连长，前几天接到你电话，我已和公社马书记联系好了，下午两点钟到他办公室，而且也通知了分管农工商的副社长一起参加，重点就是听听你的保险介绍。""那太好了，海强这次麻烦你了。"梁志亮回应道。"连长，麻烦什么呀，能够帮连长做些事，实在难得的，再说我这也是为我们沙堂百姓办好事呢。"梁志亮连声说："对对，海强你说得对，保险业确实是为国为民的事业，把这项工作开展好，有利于经济稳定和发展的。"

回到招待所，梁志亮把大家召集到一起，把下午工作安排了一下。

他说："下午我和王小明到公社马书记处，向他介绍我们开展的业务事宜，约好了两点钟；蒋涛和沈方，你们到农机站，了解一下业务推进情况，顺便再宣传下企财业务，争取有新的突破。我们在一线开展工作，大家一定要胆大心细，遇到难处不要气馁，要勇于克服，只要有恒心，就一定有成效的。好了，完成任务后我们今晚见。"布置完工作，已快到约定时间了，梁志亮赶快到洗手间洗了把脸，提了提精神，然后拿起公文包和王小明走下楼，与在一楼等候的刘部长会合。由刘部长领着，不多会儿他们就来到了马书记办公室。推开马书记办公室半掩着的门，只见马书记和王副社长都在，刘部长和梁志亮、王小明快步走了进去，马书记起身走过来，笑容可掬地与梁志亮他们一一握手，热情洋溢地说："欢迎，欢迎！"然后请大家坐下，工作人员给他们递上了茶水。大家坐下后，梁志亮和王小明向马书记、王副社长递上了名片。马书记先拉开了话匣子，他说："前几天就听刘部长说你们要来，我们非常高兴，今天分管农工商工作的王副社长也在，自从党的十一届三中全会后，我国实行改革开放，全党全国人民以经济建设为中心，在这样的形势下，这几年我们公社乡镇企业也有了不小的发展，现在大大小小有上百家，听说保险公司能为这些企业保驾护航，我们十分高兴，但又不了解保险是怎样的一回事，所以，借此机会请梁科长好好同我们介绍介绍。"马书记以真诚的语态，打开了今日的话题。梁志亮说："今天非常荣幸地见到了马书记、王副社长，对两位在百忙中，抽出时间见我们，表示十分感谢。保险业在我国既是一项老业务，又是一项新业务，为什么这样说呢？因为在新中国成立初期，就有保险公司成立了，而且业务也有了很大的发展，但由于种种原因，到1958年就停办了此项业务，只保留了少量的涉外业务，因为要配合对外贸易，出口的货物没有保险配套是不行的，所以涉外保险还一直保留着。党的十一届三中全会召开后，于1980年，我国保险业陆续恢复，江海市保险公司也是在这个时候成立的，所以说保险业既是老业务，又是一项新业务。关于保险的作用，在国外保险业务是非常普及的，企业、家庭、个人都离不开保险保障。天有不测之风云，人有福与祸，无论单位和个人，一旦遇到意外，造成财产损失或人员伤亡，如果有了保险支持，就可迅速恢复生产和生活，保险的职能，就是经济补偿。从目前来说，我们的乡镇企业抗风险能力都不强，原因是，企业开办时间短，财富积累少，不少企业还向银行贷了款，负债经营相当普遍，所以，一旦发生自然灾害，或意外事故，特别是洪水和火灾，就很难恢复生产，更不可能向银行再贷款，如果出现大面积意外事故，那后果更不可设想。企业不行了，也影响当地财政收入，因而影响整体经济发展。为了化解这种风险，要求企业参加保险，向保险公司交纳少许保费，办理财产保险手续，把风险转嫁给保险公司，企业在经营中就有了最可靠保障。一旦出现灾难，保险公司及时赔偿，企业单位就可以迅速恢复生产和生活，其实保险公司是起到稳定器的作用。"

梁志亮短短的一段话，已把保险的目的意义讲得非常透彻。自改革开放以后，乡镇企业迅猛发展，但正如梁志亮讲的，企业也潜伏着风险因素，要确保企业健康持续发展，通过办理保险是确保企业安全的好办法。梁志亮讲完后，马书记、王副社长还就一些实务问题，与梁志亮他们做了进一步交流。最后，马书记和王副社长一致决定为了尽快推动此项业务落地，明天下午召开企业负责人和财务人员会议，由保险公司人员介绍保险知识，而企业投保具体工作则由王副社长督办。至此，沙堂公社企业财产保险工作，在马书记，王副社长的支持下，有了一个良好的开局。

从马书记办公室出来时，已是傍晚时分。梁志亮的心情特别好，良好的谈话气氛，令人满意的工作成效，怎不叫人感到心情特别轻松？刘部长看见梁志亮如此喜悦，也十分高兴，工作进展顺利，他作为向导人物，深感没有辜负老领导的希望。他们一行回到招待所，眼见就到了吃晚饭的时间，刘部长邀请梁志亮一行到他家吃晚饭，梁志亮考虑到他已陪同自己一天了，便说："海强呀，你都陪我们一天了，回家吧，晚饭我们自己解决，你不用担心我们，赶快回家去，弟妹及侄子还等着你呢，听话，回去吧！"但刘部长说什么也不干，非要请大家吃个晚饭，他发自内心地说："老连长，你不单单是我的老领导，革命战友，更是我的救命恩人，如果当年不是你相救，我刘海强早就不在人世了。今天你来了，连普通的一顿饭都不让我请，那我还是人吗？"面对刘海强发自肺腑的邀请，梁志亮深感盛情难却，只好把刚从公社农机站展业回来的蒋涛和沈方也一起叫上。大家跟随刘部长上了面包车，不到 10 分钟就来到了刘海强家。

　　刘海强是本地人，家在当地农村的一个自己建造的一个小院落里。汽车停好后，梁志亮一行跟着刘海强步入院落，院子内有两排房子，四周有一米多高的围墙，靠围墙的地方用竹子搭了一棚架，种了各样瓜果，有水瓜、冬瓜，地上还有南瓜，瓜藤缠绕着棚架。还有母鸡带着一窝小鸡，约莫有十几只，不停地在院子转悠觅食。刘海强与父母同住，还有妻子儿子，见梁志亮他们进来，一家人放下手中的活儿，笑容满面地迎上前来。老父亲操着当地口音："欢迎大家呀，欢迎大家呀！"梁志亮快步走上前去，紧紧地握住老人家的手说："大爷打扰了。"刘海强儿子6岁，看见家里来了那么多人，有点害羞，躲在爷爷身后，两个小眼睛滴溜溜地转。梁志亮有意轻轻弹了一下小家伙的脸蛋，逗他说："怎么，叔叔都怕呀？"这时刘海强领着妻子过来，同梁志亮介绍说："连长，这是素珠，孩子他妈。"梁志亮握住素珠的手说："素珠你好哇！海强在我们面前经常夸你，辛苦了。"素珠带着不好意思的表情回应："连长过奖了，做得不够好。""好就是好嘛，别不好意思。"一阵寒暄过后，饭菜已上桌，刘海强招呼着大家入座，待大家上座后，他分别给大家斟满酒，他首先拿起酒杯兴奋地说："今日我们一家人非常高兴，在中秋前夕，迎来了我天天想念的老领导、老战友、我的救命恩人梁连长，及各位朋友，为了表达我和我一家人的感激之情，我先敬大家一杯。"话音刚落，刘海强一饮而尽。刘大爷不停地劝大家吃菜，他说："这些菜都是我们自己种的，这鱼和鸡也是自己养的，千万不要客气啊。"

　　刘家如此热情，使得梁志亮他们有点不好意思，他跟大家提议一块儿敬大爷大妈一杯，他举起酒杯说："大爷、大妈，祝您们健康长寿！"说完大口喝下，然后又提意向刘海强一家三口敬酒，他说："谢谢海强，谢谢素珠，还有小家伙，干了！"说完又是一口而尽。酒过三巡后，刘海强满脸通红，他拿起酒杯对大家说："你们梁科长酒量很大，当年打仗，他的通信员长期帮他背着一壶酒，他一急就拿酒喝，就好像喝开水一样，一壶酒几下就没了……"听着刘海强说起当年的梁志亮，随同的王小明、沈方、蒋涛不约而同地望着梁志亮，感觉十分惊讶。王小明说："梁科长酒量那么大，喝酒如喝水？"梁志亮带着微醉的神态回应说："那是打仗期间，喝酒根本是没有酒的感觉，特殊环境不能衡量正常水平。"蒋涛插问道："科长，这是为什么呢？"梁志亮回话"就是紧张嘛。一个人紧张时，神经是高度绷紧的，他的注意力集中在一个点上，其他东西就不在意了，所以那个时候我们的关注点是敌人，是炮火，因此，就会出现喝酒如喝水的情况了。"

　　战友相聚，道不尽的离别情，叙不完的军营事。梁志亮和刘海强，是经历过战争，曾生死与共的兄弟，更是重聚恨晚了！不知不觉，时间已到晚上9点多了，考虑到明天还有任务，梁志亮确定回招待所。他对刘海强说："海强呀，时间不早了，今晚就到此吧，明天还有许多事呢。""哦，那好，我送你们回去。"刘海强回应道。"不用啦，这里离招待所不远，我们散步回去就可以了，顺便散散酒气。"梁志亮一边摆手一边摇头回应说。见梁志亮执意要步行回招待所，刘海强也只好顺其意了。

梁志亮一行人向刘家众人道谢后，走出了刘家院门，沿着马路向着招待所的方向慢慢前行。大约经过20分钟，他们已到了招待所楼下的广场，这时明亮的秋月高挂于天际，大地月光明媚。刚刚离开刘家，加上酒精的作用，此刻他们还处于兴奋中，毫无睡意，于是他们4人，在广场边找到一处较高的水泥墩坐下，因为靠近中秋节，他们下乡离家，多少有点仰月思亲。这时蒋涛说："梁科长，跟我们讲讲你打仗的故事吧，特别是刘部长说，你是他的救命恩人，这里面的故事肯定很精彩，给我们讲讲吧。"梁志亮望着这3个年轻人，他们的眼神是那样真诚渴望，于是在3位小伙子的再三要求下，梁志亮慢慢打开了回忆的思绪，又一次把自己带回到5年前的那场战争。在明月的伴照下，他深沉地打开了回忆的话匣：

那是1979年2月，由于越南不断在我国边境进行军事挑衅，打死打伤我国公民，占我领土，制造流血事件，搞得我广西、云南边境不得安宁，边境老百姓的生活被严重干扰和破坏，越南这种忘恩负义的罪恶行径，激起了我国人民的无比义愤，特别是我们这些身处边境的部队，在当年的援越抗美战争中，曾经与越南军民一起，共同抗击美帝主义，应该说是建立了同志加兄弟的战斗情谊。在我国人民十分困难的情况下，节衣缩食，无私地支持越南人民的抗美斗争，随着抗美战争的结束，越南的军事野心日益膨胀，妄图称霸东南亚。在这种情况下，我们国家打响了一场保卫边疆，保卫边疆人民的自卫反击战。反击战的范围是自云南至广西的漫长边境线，于1979年2月17日开始，那年我23岁，刚刚提升为连长，我们是负责后勤保障任务的，是汽车部队，汽车部队主要担任3项任务：第一，配合野战军运送作战人员。第二，运送战争中需要的各种物资，包括武器装备及所有给养，还有战斗中缴获的各种战略物资。第三，运送战争中的伤亡人员。战争打响后，我们配合作战部队，确保了战争所需的一切物资的运输任务。有一次根据命令，由我带15辆车，到一个前线补给点和抢救医疗点去，顾名思义，补给和抢救医疗点是负责前线物资补充和受伤人员抢救的地方，我们的任务是运送一批枪支弹药及其他给养物资，还有医疗所需物品。物资补充及抢救所，离前沿阵地只有几百米，是最前沿的后勤保障地，把物资送达后，再将伤员、烈士遗体运回来。汽车在行进中，最大的危险就是怕遭到突然袭击，打仗前我们就不断训练过，我们虽然是汽车兵，但各种战术训练一项也不能缺，以练习一身上车能驾驶、下地能作战的过硬本领。而汽车兵装备武器，全部配置冲锋枪，每人子弹300发，还有手榴弹，比当时一般的步兵连队武器更精良些，因为步兵连队战士多数使用的都是半自动步枪，只有正、副班长才配备冲锋枪。我和刘海强一台车，当时他是一班班长，又是老兵，各项技术特别过硬，每台车安排两名驾驶员，一人负责开车，另外一人手握冲锋枪，百倍警惕地注视着外面的动态。汽车冒着战场上的硝烟，迅速开进，尽管都是山中公路，坑坑洼洼，我们还是加大油门，即便如此，车队到达后勤保障点时，也已是傍晚时分。只见后勤保障点人员很多，有支前民兵及担架人员，有受伤抬下火线的伤员，有忙忙碌碌的医务人员，这里离前沿阵地非常近，战场上的枪炮声清晰可闻。车队到达后，我迅速与该处负责人王政委联系上，然后按照要求，配合勤务人员把所有物资放到指定位置。物资卸完后，我们将车调整好，随即命令所有人下车待命，此时我身背着手枪，肩上还跨着一支子弹已上膛的冲锋枪，而刘海强当时就站在我身边，我们正等待后勤点的负责人交代运输任务，这时突然听到枪声四起，我一手将刘海强摁在地下，跟着一梭子弹擦头而过，发出叭叭响声。我立马意识到敌人偷袭后勤保障点了，于是我命令所有人员，迅速进入作战位置，利用敌人一阵扫射的空隙，我一阵猛跑到后勤补给点王政委处请示任务，王政委指示我们，坚决守住公路入口处，其他地方由警卫连负责。领受任务后，我迅速回到战位，根据地形，我分别将30人分成两组，一组由副连长带领，负责守住右边制高点；另外一组由我带领，负责守住左边。任务交代后，大家迅速占领有利地形，这时敌人以强大的火力，疯狂地向我扑来。敌人兵分3个方向突袭后勤保障点，尤其是后勤补给点后山及我们把守的公路入口处，是他们的主攻方向，意图十分明显。正当前沿争夺非常惨烈的时候，胜败往往是由战场弹药是否充足、作战人员是否能坚持决定的，而这些后勤保障是关键，所以敌方一定会派出兵力，寻找我们的后勤保障点，妄图将我们彻底摧毁，从而切断我补给，同时打掉我医疗抢救所，造成人员更大伤亡，动摇我将士决心，以达到消灭我方，夺取战争胜利的目的。因此，他们投入的兵力和武器，是十分强大的，所以战斗非常激烈，当时我方布置了一个连担任警卫，但敌人选择了傍晚时分，在丛林山区里，天已黑下来了，而且我们在明处，敌人在暗处，刚开始我们很被动，随着战斗打响，敌人的火力布置很快就暴露了，我连30支冲锋枪，兵分两路对住同一方向，形成了强大的火力网，有效地压制来自我方向的敌人。正当战斗进行时，由于正面我方火力强大，对越方形成有效的压制，为此越方不断调整攻击方向，迫使我方相应做出应对。我要求战士们沉着应战，灵活机动，利用地形地物，与之较量，做到人在阵地在。正当战斗打得正紧时，由副连长负责的右侧阵地，通过报话机，传来了紧急情况报告，原来敌人在不断调整进攻方向没能奏效时，请炮火支援，数发炮弹像雨点般落入我方阵地，副连长及三班班长罗友志，战士李士义身受重伤，还有3名战士受轻伤。接到情况报告，我随即命令一班班长刘海强接替我继续指挥战斗，我带上两名战士，迅速前往右侧阵地。到了右侧阵地，只见受重伤的副连长和罗友志及李士义已被转移到一个比较隐蔽的地方。这时炮火已停止了炮击，但战斗仍在进行，我带来的两名战士随即投入战斗，3名受伤较轻的战士，简单包扎后仍然坚守阵地，我对阵地观察并安排好各战位后，迅速来到副连长他们3个人的安置处，卫生员见我到来，含着泪花向我报告："连长他们都不行了。"

　　卫生员话音一落，我顿时如雷轰顶，立马不顾一切地抱起了副连长，发疯地叫着"副连长，副连长"，但由于伤势过重，副连长已经牺牲了，我又抱起了三班班长罗友志，"友志呀，友志醒醒"，这时友志微微地睁开眼睛，并用微弱的声音十分艰难地对我说："志亮，我已回不去了，我父母年纪已大，我真的对不起他们了，今后就托你看望一下，对不起了。"听到战友这话，我发疯似的抱着他说："友志，不要乱想，我马上抬你到抢救所，你会好的。"我说完后再看友志，他的手已垂了下来，但不管怎样，我还是命令支前民兵，将他们3人抬到不远的医疗抢救所。我真的不相信3条鲜活的生命，就这么脆弱。尤其是罗友志，他是我同乡，又是同一年入伍，他是超期服役的老兵，是连队的技术骨干，为人老实厚道，工作任劳任怨，若不是这场战争，他已回乡相亲了。想到这些我悲痛欲绝，泪水禁不住涌泉而出，牙齿咬得咯咯响，我端起冲锋枪迅速投入战斗，杀敌报仇的火焰，随着扣动扳机的瞬间，喷射出复仇怒火。经过将近一小时的战斗，由于我们誓死迎击，使敌人妄想从入口处进来，炸毁我汽车及后勤补给处的阴谋落空。经过一番激烈战斗，我们配合警卫部队，消灭了大部分敌人，剩余的也都落荒而逃。他们这一次偷袭我们的后勤保障点，还是给我们造成了很大伤亡，我所在的连队牺牲3人，受伤6人。其他伤亡人员有医疗抢救的医护人员，有参战民工，还有其他工作人员。战斗平息后，我望着被敌人打得七零八乱的补给抢救所，还有那受伤的战友，支前民工及牺牲的烈士，听着他们痛苦难受的呻吟声，复仇雪恨的怒火再次油然而生。

"为了争取时间，我命令连队所有人员，立即配合保障点勤务人员，按要求迅速装车。这次返程任务，主要是运送受伤人员以及牺牲的烈士遗体，我特意找到了我连3名烈士，深深地含泪致别并大声说：'战友们，放心走吧，你们的父母兄弟姐妹，就是我梁志亮的亲人，我会代你们尽孝的。'按照要求，重伤员6人一车，轻伤员一般是12人一车，各车配有医护人员跟车护理，另外安排2辆车运送牺牲烈士遗体。经过一番忙碌，于当晚9时装运完毕，返程前后勤保障点负责人，王政委握住我的手说：'梁连长，非常感谢你们的有力支持，要不然后果会更严重的，我一定为你们请功！'我大声道：'王政委不要客气，保家卫国是我们共同的责任。'与王政委分别后，我们迅速上车返程，一路上我们警惕地注视前方和沿途动态，以此确保行车安全，一旦遭遇敌情，我准备带十几人留下掩护，汽车是不能停的，要争分夺秒赶回后方，把伤员安置好，幸好一路上没有发现敌情。刘海强所说的救命之恩，就是敌人偷袭时，我迅速把他摁下，要不然他就可能牺牲了，这些都是自然反应而已。"

3位年轻人，听着梁志亮沉重的回忆，也不由自主发出深深地感叹：军人为祖国和人民付出了多大的牺牲啊！梁志亮最后说："那些受伤和牺牲的战士，年龄和你们一样大，都是十七八岁，20岁出头，好年轻啊，所以我们活着的人，一定要珍惜现在的生活，努力干好工作，才能对得住牺牲的烈士们！"望着天空上的明月，梁志亮的心灵又一次受到巨大震荡。这时已是晚上 11 时了，梁志亮看了一下大家，然后说："今晚就聊到这里，下次有空再给大家讲故事，现在我们回去休息，明天还有工作等着我们呢。"说完就与大家一道回去休息了。

第十八章　初见成效

　　第二天，梁志亮他们吃过早餐后，便分头行动。沈方和蒋涛二人，要到沙堂公社交管站联系业务；梁志亮和王小明带上李经理写的信，前往农业银行找李行长。不多会儿，梁志亮和王小明便来到银行门口，他们进门后向大堂值班员说明了来意，值班员看了他们一眼，然后问："你们是干啥的？"梁志亮面带笑容地回应："哦，我们是市保险公司的，找李行长联系业务的，麻烦你帮我们报告一下吧。"值班员说："好，你们先等等，我报告下。"说完，值班员拿起电话报告起来。不一会儿，值班员放下电话说："请跟我来吧。"梁志亮他们便跟值班员到了二楼的行长室。见梁志亮他们进来，行长从办公桌座位起来，面带笑容地走上前来迎候梁志亮，握住梁志亮的手说："昨天你们李经理，打电话给我了，欢迎，欢迎呀！"李行长看上去30来岁，白净的脸上，显得英俊洒脱，谈吐举止彬彬有礼。看得出李行长干这行已有些年头了。李行长让梁志亮他俩坐下，这时工作人员递上茶水，梁志亮接过茶杯说："李行长打扰了，和我一起的是王小明同志。"说完把名片递给李行长，李行长接过名片看了看说："哦，梁科长，王小明。"他停了片刻接着说："梁科长，今年多大了，哪里人？"梁志亮回应道："我是广东人，今年28岁了。"李行长接着又说："难怪你的普通话带广味。我也是广东人，只是跟随父母在北方长大，所以没有广味。"梁志亮接着说："是呀，乡音难改嘛。李行长真是年轻有为，在银行工作有很多年了吧。"李行长说："我大学毕业就分配到银行工作了，如今已有8年了，我在大学学的也是金融专业，也算是对口。梁科长你是哪个学校毕业的？"

梁志亮笑着说："不瞒行长，我读的是思想大学校，哪一行都精通。"听到梁志亮幽默的回答，众人哈哈大笑。王小明插话说："我们科长还是战斗功臣，是解放军英雄呢。"李行长听后不由有些歉意地说："梁科长，真不好意思，刚才失敬失敬，不妥之处，多多包涵。"志亮说："没什么的，聊天嘛。"一阵寒暄后，梁志亮就业务问题的一些想法，向李行长作说明。他说："李行长，这次我们一行4人，是到沙堂公社开展企业财产保险，昨天我们拜访了公社马书记，马书记听完我们的介绍，非常支持，决定今天下午在公社会堂，召开100多家企业负责人和财务人员的大会，这个会主要由我司介绍保险知识，以及有关实务操作，这项业务本身对银行贷款安全是有重要作用的。你是这方面专家，大部分企业都有你们的贷款，目前许多企业都是新开的，企业安全观念淡漠，安全防范措施欠缺，一旦遇到洪水或火灾，后果不堪设想，你们贷出去的款就会打水漂了，所以我建议，我们联手合作，推动此项工作，我们李经理，也是这个意思，李行长，你看可以吗？"听完梁志亮的一番话，李行长沉思了片刻说："梁科长，你这个建议很好，我们共同推动这项工作，银保合作是一种对帮助银行化解经营风险，促进乡镇企业发展非常有利的事业，利国利民，我同意积极参与。"听了李行长表态，梁志亮和王小明都非常开心。他们都觉得，有银行参与，这项工作就好做了……接下来，他们就下午开会的事情，做了更细致的分工。李行长随即把相关人员叫来，分别与梁志亮他们见面认识。转眼已到中午了，李行长邀请梁志亮吃午饭，梁志亮婉言谢绝了。李行长也明白他们要回去准备下午开会的事情，便握手和他俩告别。

下午2时，沙堂公社会堂，人头攒动，来自公社大小企业的负责人及财务负责人，依时参加企业财产保险工作会议，参加这次会议的约200多人，整个会堂基本满座。会议由分管乡镇企业的王副社长主持，梁志亮、李行长等都坐在主席台上。参加会议的所有人到齐后，王副社长首先讲话："各位领导，各位同志，今天把大家邀请到这里，召开关于企业财产保险工作会议。昨天马书记特别指示我，一定要开好这次会议，为什么呢？因为企业财产保险，是关乎每个企业安全和持续发展的大问题，当然了，对于保险许多人还不了解，目前来说，它是个新东西，企业发展，安全又怎样与它关系很大呢，这些问题稍后由市保险公司梁科长重点同大家介绍，农业银行李行长也会作相关讲话，现在请市保险公司梁科长给我们讲话，让我们以热烈的掌声表示欢迎！"一阵掌声过后，梁志亮开始发言：

"尊敬的各位领导，各位朋友，大家下午好，我是市保险公司的梁志亮，今天非常荣幸，也非常高兴，能与大家在这里见面，共商推动企业财产保险工作，刚才王副社长强调了今天会议的重要性，保险业务确实与每个企业息息相关，企业如果参加了保险，就意味着有了安全保证。为什么这么说呢，简单地说吧，保险就是集中万家之财，对一旦出险或受到重大灾害的企业和个人给予经济赔偿，保险的职能就是实行经济补偿。目前我省在全国率先实行了，机动车辆第三者强制保险，对车辆第三者责任保险大家是比较熟识的，其实道理是一样的，政府担心车辆在行驶时，万一车辆发生交通事故，造成第三方人员或财产损失，而车方对伤者的医疗费用或死者有关费用，无能力赔偿支付，这就会严重地影响人民生命和财产的安全和稳定，因此，政府必须要强制机动车辆第三者保险。我们企业在经营生产过程中，虽没有开车行船风险大，但企业一旦遭遇到自然灾害和意外事故，如水灾、风灾、火灾等灾害，也是很难迅速恢复生产和生活的，如果向银行贷款来开办企业或工厂的，那就更困难了，李行长的贷款就很难收回了，再借钱就很难了，出现这种情况就很糟糕了。而要避免这种情况，参加企业财产保险是最有效的解决办法。在国外买保险是很普遍的，是企业经营中必不可少的基本成本，有了它，老板才睡得着，没有它，老板就要一人承担所有风险。其实保险费是不多的，是以你企业的资产规模，按千分之几来计算的，一个企业顶多几千元，具体实务操作，由我司与企业逐个商定，会后可到后台领取我司实务指引。好了，今天我就谈到这里，有疑问的请与我公司工作人员联系，谢谢大家！"

梁志亮的讲话，引起了与会人员的极大关注，大家交头接耳，议论纷纷，有的人听了以后，兴奋不已，认为保险为企业提供了很好的安全保证，这样企业在经营生产中就可以放心了；但有些人还是有些半信半疑，一时难以确定。王副社长见大家吵吵嚷嚷，便拿起麦克风，大声说："请大家安静，有什么疑难问题，散会后还可以提问的，现在继续开会。有请农业银行李行长讲话，大家鼓掌欢迎！"掌声停下，李行长开讲："各位领导，各位朋友，大家好！今天参加关于企业财产保险工作会议，是一件十分有意义的事，无论是从我行贷款安全，还是从企业经营者来讲，都是一件难得的好事，有了保险公司提供的风险保障，资金使用安全就有了可靠的保障，而企业通过购买企业财产保险，也能增强企业抗风险能力。从目前来看，相当一部分老板，可能常常考虑市场销路多些，但很少人考虑自然灾害、意外事故对企业本身的冲击，俗话说天有不测之风云，有些突如其来的灾害，是意想不到的。前两个月，龙华公社就曾经发生一起火灾，烧毁了好几间厂房，厂长血本无归，要恢复生产就很困难，我农行是不敢再贷款给他了。如果他买了保险，能得到保险公司赔偿就好办了，就能迅速恢复生产了，这是个教训，我与保险公司商定好了，银保合作，凡是在我行贷款的单位，都要办理企业财产保险，都要将保险单复印一份存留我行，以后需要贷款的单位，一律要购买财产保险，把有没有参加保险，作为审核通过的重要依据，通过今天的会议，我希望各位企业经营管理者们，真正认识企业财产保险的重要意义。好了，今天就讲这么多，谢谢大家。"李行长的讲话，引起了参会人员的强烈共鸣，接着王副社长做总结性讲话，他说："今天这个会，不单单是保险业务会议，更重要的是为企业财产安全提供有效的重要途径，公社与保险公司、农业银行共同商定，成立一个银保业务工作办公室，办公室就设在公社办公大楼一楼，下个星期二开始办公，请各企业单位需要办理业务的，可到该办公室办理，同时，我们将与公安部门磋商，在安全防火防灾工作中，将同时检查有没有参加财产保险，作为两防工作的重要环节，希望各单位要引起高度重视。好了，今天会议到此结束，谢谢大家！"会议结束后，梁志亮与王副社长及李行长，就相关后续问题又进行最后确定。一番忙碌之后，时间已是傍晚了，梁志亮向他们二人致谢道别后，便离开了。

走出了公社会堂，梁志亮顿感无比轻松，两天来在沙堂公社开展的工作，已取得了初步成效，为全面推动业务发展奠定了基础。他信步走到招待所楼下，这时王小明、沈方、蒋涛他们迎面走来，见到梁志亮满脸春风的样子，大伙也非常开心。王小明说："科长，你太厉害了，两天时间，就搞定了上百家企业的业务推动，我们今晚一定要好好庆贺下！"站在一旁的蒋涛跟着说："酒我都买好了。"说完他拔腿就往楼上跑，不一会儿他拿着两瓶酒来，把酒亮给梁志亮看。"好酒啊，好贵吧？"梁志亮接过酒问道，站一旁的沈方说："这小子有钱，一人吃饱全家不饿。"梁志亮接着说，"那我们请刘部长一起，就算我们感谢他，这两天我们工作那么顺利，全靠刘部长事先为我们铺好路。小明你现在去找刘部长，他还在办公室，我们在这里等着你。"王小明领命奔去。这时天空上飘荡着金红的晚霞，祥云锦绣，风光无限。

第十九章　家国情怀

　　沙堂公社拓展取得了很好的效果，梁志亮心情非常愉悦，他已经几天没有回家了，他想妻子，也很想女儿，他处理完所有的工作后，便匆匆地赶回家。回到家已是晚上 7 点了，他轻轻地推开家门，只见岳母、妻子和晓穗正在吃晚饭。见到志亮回来，大家都放下碗筷与他打招呼，小晓穗更是欢快地跑过来，喊着"爸爸、爸爸……"扑到志亮怀里。梁志亮抱起女儿，走到饭桌前，向大家问好。岳母含笑道："志亮回来了，还没吃饭吧？"志亮回应："还没有。"这时李海丽已装满了一碗饭，摆上桌，并张罗着说："你吃饭吧，晓穗你也坐好，让你爸吃饭。"梁志亮把小家伙放在椅子上坐好，一家四口，其乐融融。饭间梁志亮无意中看到岳母脸部有红肿，关切地问："妈您的脸怎么肿起来了？"岳母回应道："没什么，只是有一颗牙齿可能发炎了，不要紧的。"志亮说："那要找医生看看呀。"这时妻子插话："已经肿了两天了，最近我单位特别忙，又请不了假，所以没人陪她到医院。""妈，我明天陪您去。"志亮真诚地对老人家说。岳母见状说道："你们不必操心，我这是小毛病，再过两天会好的，你们都忙去吧。"梁志亮非常理解老人家的心理，她是怕增加儿女们的负担，才坚持忍着的。梁志亮一心要明天陪老人家到医院，于是他匆忙吃完饭，就到小区里的杂货店借了电话，给李经理家打了个电话。电话中，梁志亮向李经理简单汇报了沙堂公社的业务开展情况，然后向他请假半天，并说明是因为明天上午要带岳母到医院看病。打完电话后，梁志亮回到家里，向岳母及妻子说："妈，我已请好假了，明天陪您去医院，牙齿发炎虽不是什么大病，但痛起来非常难受的，就这么定了。"岳母见到志亮一心要陪她到医院，尽管心里有些过意不去，但也不好再说什么了。

吃完饭后，李海丽从抽屉里拿出一封信，递给梁志亮，他一看信封就知道是爸爸寄来的。是呀，自从转业回江海，已好几个月了，一直忙，只是写过两封信给父母，还没有回老家看看家人，想到这里，志亮不由深感惭愧。他打开信封，抽出信件，父亲清晰有力的字，一下呈现在眼前：

亮儿，海丽：

你们好！小孙女也好吗？多日未见，很是想念！深知你们一定工作很忙，尤其亮儿初到江海，定有很多困难，但不管多难，都要注意身体，劳逸结合，只有这样才能克服之。家中各人大小平安，请勿挂念。秋收将至，农忙季节，也是乡间之惯例，无须特别牵挂！

如有空，盼你们回家团聚之。

此致，祝大家身体健康！工作顺利！

父上

父亲简短的来信，勾起了梁志亮的思乡情。他将信递给海丽，海丽看后，也深为家人的无限牵挂所感动。父亲短短几行字，字里行间，充满着对志亮一家的深切关爱以及盼望能团聚之意。海丽走到丈夫跟前，动情地说："忙完手头上的工作，我们还是尽快回老家，看看父母和家人吧。"志亮应道："是呀，从上次探家到现在已有一年多了，是该回去见见家人了，尽快安排吧。"夜已逐渐深了，岳母带着晓穗已休息了。一天忙碌也告结束。等待他们的将是新的一天。

第二天吃过早饭，梁志亮抱着晓穗，陪着岳母来到了医院。到了医院梁志亮找到有座位的地方，将岳母和女儿安置在座位等候，自己到挂号窗口办理了挂号手续。挂了号，梁志亮抱着女儿，带着岳母来到了牙科门诊室，牙科门诊人不算多，不多会儿就轮到他们了。岳母坐到医生面前，让医生检查，经过一番检查，医生说："你的牙齿中间已烂了，光打针消炎，治标不治本，建议还是拔掉吧。"梁志亮向医生询问："如果将烂牙拔掉，会不会影响其他牙齿？"医生说："不会影响，如果不把它拔出，老发炎反而影响其他的。"梁志亮又问："那手术复杂吗？我妈已经60岁了，这个岁数能做吗？如果可以，什么时候能安排做呢？"医生说："没问题的，这是小手术，如同意可立即做。"

听到医生的意见，在征得岳母同意后，医生很快安排手术。在岳母手术时，梁志亮带着女儿在门诊外面等候，对医院的人来人往小女儿显得有些害怕，她紧紧地抱住爸爸，梁志亮安慰她："宝贝，不要怕，都是叔叔阿姨来看病的，和外婆一样的。"经过梁志亮的耐心开导，女儿慢慢活泼起来，欢喜的小脸露出了两个甜甜的酒窝儿，十分可爱！经过约 10 来分钟，岳母手术已做完，看到她嘴里含着什么，腮帮鼓鼓的，梁志亮走上前去，拉着老人家的胳膊说："妈，感觉好些吗？"岳母点点头示意还行。将岳母和女儿安顿坐下后，梁志亮回到门诊科，找到了手术医生了解情况，医生告诉他，手术很顺利，劝他不必担心，但今天最好煮些粥给她吃，明天就可以正常饮食了。于是梁志亮向医生道谢后，带着岳母抱着女儿走出了医院回家去。

回到家里，梁志亮把岳母和女儿安顿好后，他骑车到附近的农贸市场买了一些肉和菜，又迅速回到家里。他走进厨房，按照医生嘱咐，把刚买回来的猪肉碾碎，然后加上佐料绞绊均匀，待粥快煮沸时，将肉放进粥里。经过一小时的慢火细炖后，粥炖好了，再炒上两个小菜，一顿香喷喷的可口午饭就做好了。他请岳母及女儿上桌后，先盛了一碗肉粥给老人家，另外又盛了一碗给女儿，最后自己也盛了一碗。女儿很乖巧，知道是爸爸煮的粥，便先来了一口，十分调皮地说："啊，真好吃，爸爸值得表扬。"岳母吃了口，也赞："志亮还真有两下子，真香呀！"志亮见祖孙俩都说好吃，心里也格外高兴，就说："妈，您慢慢吃，锅里还有很多呢。"吃完午饭，梁志亮对岳母说："妈，我下午还要回公司上班，您和晓穗在家好好休息吧。"女儿听到爸爸还要上班，很不高兴，她嚷着不让爸爸走，梁志亮抱起女儿，亲了亲她的小脸说："宝贝乖，爸爸不去上班，会被领导批评的，爸爸晚上回来，再跟你一起捉迷藏，好吗？"岳母从志亮怀里抱过晓穗也应和道："听话，爸爸不去上班，我们就会没饭吃的。"晓穗哭着半信半疑，只好让爸爸上班去了。

出了家门，梁志亮骑着自行车飞快地驰骋。这时离下午上班还有一个小时，时间尚早，但他感觉到很多工作等着他，这次到沙堂公社去了4天，工作虽有成效，但科里其他工作有些依然需要他亲自落实，所以，他必须抓紧进行。一路上想着想着，不知不觉已到公司。他一看大部分职工还未到，便在办公桌前坐下，迅速拿出记事本，打开看看，上面记着本月还有两件事要做：第一件，要在东口岸设立前沿办事处，给进口汽车业务来个服务前移，方便过境客户；第二件，要与交通管理部门联系，把车险理赔服务延伸，让保户感受到社会主义保险，是为人民服务的。正陷入一系列沉思时，李经理路过其办公室，看见梁志亮已到，他喊了一声："志亮到我办公室一下。"梁志亮闻声一看，原来是李经理，于是他快步来到李经理办公室。李经理叫志亮坐下，倒上一杯水给他，并说："志亮你岳母怎样了？"梁志亮："是牙齿坏了，上午陪她到医院给拔掉了，其他没什么事，谢谢领导惦记。"李经理继续说："家里没事就好，这次你们到沙堂公社，取得了很好的效果，辛苦啦！由此可见，任何工作只要开动脑筋，不怕困难，能吃苦耐劳，就一定能做成事的，我准备向总经理室报告，要好好地表彰你们。"听了李经理一席话，梁志亮非常感动，他激动地说："谢谢李经理的关心，这都是我们应该做的，总经理室就不必汇报了，因为对我们来说这是正常的工作，比起公司对我们的关心，这些又算得了什么呢。"听了梁志亮的回答，李经理十分感动，他又说："下一个工作任务如何进行？"梁志亮应道："我想尽快把东口岸办事处建立起来，我待会儿准备跟李莉去实地考察，但人员短缺是个问题，请李经理帮忙向人力资源部申请要几个人，越多越好，因为要用人的地方很多。"李经理回应："好的，我就做好你们年轻人的后勤部长。"

　　向李经理汇报完后，梁志亮回到办公室，这时员工们已到齐，看到梁志亮进来，大家都很有礼貌地道："科长好！"梁志亮点头回应"大家好"。面对这些情况，梁志亮感觉有些不习惯，为什么几天不见，大家怎么变得如此有礼？如此客气呢？这里肯定有原因，特别是有两个人对梁志亮提到科长这个位置，本身就不服，而且梁志亮上任后，又推出红蓝旗考核，这就让他们更不舒服了。而现在为什么自己出差几天，就改变这么多呢？这时梁志亮没时间多想，他向大家打过招呼后，便拿上公文包到隔壁的营业部，叫上了李莉及蒋涛，一起下楼，骑车到东口岸调研去了。

　　公司离东口岸不远，两公里路程，他们不多会儿就到了，下车后，只见东口岸人来人往，车水马龙，非常热闹。人人都忙碌着，停车场内，停满了各式各样的进口汽车，据说每天都有上百辆，通过口岸办理各种手续后，开往全国各地。所以有关车辆过境手续单位，除了保险之外，如海关、车辆管理所、养路费征收等单位，在这里都有办事机构。离停车场不远的地方，有一排平房，走近一看，原来是相关单位的临时办公地点，梁志亮看到眼前的情况后，对李莉和蒋涛说："我们不来不知道，来了看到这种情况，哪能坐得住呢。所有与车辆有关的单位，在这里都设有办事机构，而车辆第三者责任保险，是强制办理的，他们要走上两公里到我司去办理，是很不方便的，特别是外地客户，就更麻烦了，我们必须走出家门，把服务前移，一切围绕方便客户。"李莉和蒋涛也觉得梁志亮的话很在理，都点头表示认同。他们朝着平房一路察看，来到养路费征收处，从门口往里看，里面空间较大，于是他们决定走进去了解一下情况。走进后，只见靠窗口的地方，摆有一张长桌，有两位工作人员，专门受理临时短期养路费征收，这时正好没有客户来办理，梁志亮上前主动同他们打招呼："同志你好！我是市保险公司的，想问一下咱们每天业务多吗？"梁志亮递上名片，对方工作人员看了一下他们3个，然后说："忙死了，刚停下来。怎么你们也想在这里设点？"梁志亮回答："是的。今天过来看看，同志你贵姓呀？"工作人员回应："我免贵姓张，他姓李。"梁志亮接着问"哦，小张和小李同志，你们在这里干了多长时间？"小张说："唉，快两年了。"梁志亮继续问道："小张，我们在你这里派两人过来，办理保险业务行吗？"小张回应："好呀，我们这里还有空位，我们卖路费，你卖保险，一起热闹些，挺好的。不过我做不了主，这个要问我们站长才行。"小张说着，用手往里屋指了一下，"站长在里面，你去跟他说说吧。"梁志亮趁热打铁，叫李莉和蒋涛在外面等候，他一人进去找站长。

进到里屋，见有 3 个人在办公，梁志亮便问："站长在吗？"3个人同时抬头望了一下梁志亮，其中坐得靠里的一位年纪稍大的说："我是，你有事？"梁志亮赶紧走过去，掏出名片递给他，站长接过名片一看，猛然大叫："我的天啊，这不是连长吗？！"梁志亮也被他突而其来的举动吓了一跳，误以为发生了什么事，他仔细看了一站长，终于想起来了！"你不是二班班长谢锋吗？打完仗你和刘海强一起复员的，转眼已经 5 年了……"站长回应："是啊，你也转业了？你不是东城人吗？怎么转业到江海了？"梁志亮说："跟着老婆嘛。"站长说："明白了，嫂子在哪个单位？"梁志亮："她在市交通局，当警察呢。"老战友相见，真是难舍难分，说不完的心里话，道不完的兄弟情。站长实在太激动了，又是让座，又是上茶，同室的两个小年轻，看到他们激动的场面，也为之动容。是呀，没有当过兵的人是很难体会到战友之情的含意的，特别是曾经生死患难与共的战友，就更是难得了。一阵寒暄过后，梁志亮把自己想在他们站，派驻两人办理保险业务的想法向谢锋和盘托出，谢锋当场表态："没问题，什么时候来都行！"梁志亮非常感动，满怀欣慰地说："有战友真好！上次我们到沙堂公社，也承蒙海强支持，这次又得到谢锋你的帮助，我们的战友情谊，在继续为建设社会主义发挥作用呀！"谢锋说："团结友爱，互相支持，不正是我们军人的革命本色吗？"

　　保险公司在东口岸设点的事，就这样敲定了。梁志亮一看已过了下班时间了，于是与谢锋道别，准备回公司去，但谢锋非要挽留老战友吃晚饭不可，不让他走。梁志亮十分感激地说："谢锋兄弟呀，另找时间吧，今晚我们确实有事，谢谢了。"谢锋只好作罢，两人依依惜别。梁志亮满怀胜利的喜悦，与李莉、蒋涛走出了养路费征收站。只见谢锋和他的员工们还在挥手向他们致意，直到梁志亮他们的背影慢慢消失为止。一路上，李莉和蒋涛见梁志亮十分轻松愉快的样子，也都十分高兴。蒋涛说："科长，你真厉害，每一次出动，都能搞定。"梁志亮笑着说："厉害啥呀，主要是遇到了战友帮忙，所以就成了。下一步李莉你负责培训新员工，我已向李经理要人了，应该不久就会落实的。"李莉回应："好的，等新员工到了，培训几天，然后叫一名老同志带他们一段时间，等熟练了再单放。"梁志亮愉快地说："好，就这样定了。"他们一路聊着，很快就回到了公司，这时，职工们已下班。梁志亮回到办公室，把车辆赔案卷宗，装进小包里，准备带回家晚上审案，根据公司规定，赔案审批一律要经科长审定，在5万元额度内，由梁志亮审批赔付即可，超过5万元，要报李经理审批，李经理的权限为10万元，超过10万元要报分管副总审批。由于白天根本腾不出时间审核，只能带回家去，夜晚开夜车再审了。梁志亮收拾完，已是晚上7时了，他骑着凤凰牌自行车，迎着马路两边初亮的华灯，朝着家的方向，奋力前行。

第二十章　把温暖送给人间

随着国家改革开放力度的不断加大，江海市又处在改革开放前沿，经济建设迅速发展，外商资本涌入，各样新鲜事物像雨后春笋，在江海市蓬勃涌现。什么合资办厂及"三来一补"等经营模式异彩纷呈……而交通运输业更是龙头老大，经济建设首先是交通先行，如此大好形势，也为初兴的保险业创造了大发展的先机。如何把握机会，把保险事业融入江海经济发展当中，为参加保险的单位和个人，提供及时周到的服务和保障，充分体现社会主义保险业，让保险业在社会经济运行中起到润滑剂和稳定器作用，这些问题让梁志亮绞尽脑汁，他认为，当下是一个需要从经营理念上、经营机制上、具体行动措施上，都要有所突破、有所创新的时代，唯有这样，才能与经济形势和时代发展相适应。可是，要做到这些，困难很大，阻力重重。梁志亮深知要获得社会、客户及广大人民群众对保险业的认同和好评，关键是保险经营者本身要努力。总经理室对公司业务发展的理念是很明确的，就是要配合江海市经济发展，同时起到保驾护航的作用，服务好江海人民。而梁志亮觉得自己是实施推动这项工作的执行者，应该想办法将其执行好，落实好。因而几天来围绕如何办好保险业务问题，梁志亮一直在苦苦思索。

秋天的江海，依然是风景如画，这一天梁志亮吃完晚饭，独自一人在居住区的小道上散步，又是一个农历十五，高高的月亮当空悬挂。他站在小道旁，抬头仰望明月，仿佛在向它求教：明月啊，请您教教我，我们应该怎么走？这时，他忽然想起了在部队时的一桩往事。

那是1977年年初，组织上根据他的良好表现，提拔他为师机关司务长。当他接手上任后，发现机关干部战士对食堂伙食意见很大。这一状况，历任司务长都没能改善，所以，每一任都没有超过一年期。这对新上任的梁志亮来说，同样是一个巨大的压力和严峻的考验。梁志亮所在的是后勤部队，司令部、政治部、后勤部包括警通连都在一个大食堂就餐，最多时达四五百人。而机关各部，除了警通连，大部分都是干部，干部是受薪金的，也就是领工资的，干部队伍中，有相对富裕的，也有家庭负担重的，经济状况各不同，所以每个人的要求就不一样。经济状况好的，自然就想吃好的；经济稍困难的，就想吃得简单些，这本是正常想法，但食堂提供的每餐基本是两菜一汤，没有其他可选择的，因而满足不了群众的需要，他们自然意见大，更谈不上有好评了。梁志亮经过系列的调研后，终于找到了问题的症结，就是要想办法增加菜式品种，以满足各种需求，让大家有一定的选择空间。为此，他采取了如下几项措施：

第一，取消干部先购买菜票，即代换金，后凭菜票购菜的打饭方式，改为饭卡登记制，月底再统计消费金额，然后在工资发放时扣回。第二，采取菜色品种提前预告方式，将每天出品的菜色品种提前一天进行预告，让干部战士根据需要进行选择登记。第三，增加品种，每日三餐每餐有 10 种菜任由选择，按需确定，价格有高有低，丰俭由人。第四，增设熟食零售柜台，各种卤肉、熟食品种任由选购，有卤猪肉、烧鸭等，还有肉片汤、蛋花汤、猪杂汤，等等；还设置各种酒类零售，有散装米酒、啤酒、汽水等。第五，就餐设施焕然一新，在原来木桌上铺上了洁净的白色餐布，摆放了供免费享用的生抽、陈醋等酱料。另外还派出人员到地方酒店学习各种点心制作，购置了面包烤炉等设备，因此，早餐上也出现了各种糕点。

经过一系列的改革和创新，梁志亮使整个食堂面貌发生了根本变化，深受指战员们的欢迎。梁志亮出色的后勤管理经验，不仅得到了师首长的肯定，后来还得到军区的推广……他成了部队改革创新型优秀人才。由于他的贡献和突出表现，不久后被提升为连长，下到连队带兵去了……

想到过去的经历，面对公司当前的形势，梁志亮一下豁然开朗。他深知保险业本是一件利国利民的事，但如果缺乏正确的经营理念和正确的管理措施，就不能达到利国利民的效果。我们的保险，不能偷奸耍滑，也不能当作一场纯买卖来做，应该视为国家赋予保险公司的一种为国利民的崇高职责，保险公司也应通过公平的交易，合理的磋商，确定合同契约，为客户提供风险保障；保险公司必须认真履行合同条款中的各项责任和义务，并为履行责任和义务创造必要的条件，加快履约速度，真正做到为国分忧为民解难。我们的落脚点应该放在利国利民基准上，尤其是客户的满意度上……

梁志亮不禁心头一亮：对对对！他终于把思路理清了，把方向找对了，现在关键就看措施了。于是他立即回到家中，拿出纸笔，开始规划行动措施。梁志亮经过不断地思索，又结合几个月的实践，一个完整精准的方案终于确定了。他从承保和理赔两个方面做了明确的工作定位：

第一，在承保方面，要采取"宣传，发动，推进"六字方针。第二，在理赔方面，除了继续按八字方针即主动、迅速、准确、合理的原则执行外，在服务行动上，重点突出六字方针"主动，迅速，周到"。同时，按照三大原则，制订运行方案。具体工作运行中，在承保方面，考虑到当前人民群众对保险的认识还比较模糊，所以要深入到工矿企业街道，进行广泛宣传和发动，要统一规划好片区，摸清每个片区工矿企业名单，然后分人负责，成熟一个承保一个，不断推进业务拓展工作。在理赔工作中，除了做好事故车辆定损估价外，对一些急难客户，要主动提供周到的服务，协助他们做好事故善后工作，特别是遇到重大伤亡事故，要主动贴身参与，各项赔偿标准，要求每个理赔人员，都要熟练掌握，被保险人确实困难时，而实际伤亡费又能掌握的，可预付总损失的 80%。设立预付赔款专岗，接到前线提供的报告及材料，必须在 24 小时内赔付；设立理赔前线服务人员岗位，专职负责前线的经济赔偿协调工作，帮助被保险人解决善后各项赔偿款的界定和赔付。总之，要充分体现国家保险为国分忧，为民解难的作用，做到真正的让人民满意。

第二天，梁志亮把拟好的方案，送给李经理审定。进了李经理办公室，梁志亮说："李经理，早上好，我昨天晚上起草了当前我科业务拓展及理赔服务计划，呈送给您审定。如果可行，我尽快落实。"李经理看到梁志亮送来的材料，顺手翻了下，对梁志亮说："你看你眼睛都红了，又一个晚上没休息？志亮呀，要注意劳逸结合。"李经理的关心让梁志亮非常感动，他说："谢谢领导关心，我会注意休息的，只是我觉得我司目前对客户的售后服务，特别是对伤亡案件客户的关心和帮助还不够，基本没有提供伤亡事故前线服务，我想拓展该服务，这样更能体现国家保险的宗旨，我们应该在灾难者最需要的时刻去到他们身边，从而提升我司的社会影响力和良好形象。"听完梁志亮的汇报，李经理说："好的，我尽快看一下，你先回去吧。"

梁志亮回到办公室，理赔组组长曾少林向他报告："梁科长，刚才市交警支队，交通事故科来电话，昨天早上在我市江海大道西段，发生了一起重大交通事故，我司承保的一辆大货车，越线撞上迎面驶来的外地面包车，致使车上 3 人当场死亡，大货车司机身受重伤。

外地车辆家属已到江海，由于货车司机受伤严重，不能协助有关善后工作，所以请求我司支持帮助做好善后安抚工作，科长，你看怎么办？"梁志亮听完曾少林的汇报后说："你们对这一类案件，过去是怎样处理的？"曾少林回答："我们从不参与被保人的善后工作，这方面的工作很麻烦的，我们是由他们自己处理完后，提供有关材料及发票，公司才给予办理索赔的。"梁志亮听后，没有马上做出决定，而是让人把李莉叫来，又把王小明叫到一起，开了个短会。梁志亮说："请大家过来，主要是了解一下各组的工作进展情况，李莉，东口岸业务准备得怎么样，我设计的车辆临时保险凭证，印好了吗？新入司人员培训情况如何？小明，沙堂公社业务进展怎样，请你们谈谈。"梁志亮说完，李莉汇报说："东口岸人员已就位，这次公司分来4个大学生，两男两女，我们已经对他们进行了业务培训，他们掌握得都很快，可以上线了，我已派一名老干部带两名新员工，到东口岸，现就等新单证印好，即马上开业，其他一切正常。"接着王小明汇报了沙堂公社业务拓展很顺利，现已承保了50多家企业，今天还有20家准备出单，沈方长驻沙堂，在公社的联合办公室负责此项工作。听完两位的汇报，梁志亮总结说："很好，大家都很辛苦，当前我市经济发展很快，许多项目陆续上马，机动车辆猛增，所以我们要跟上形势，打破常规，配合经济发展，做好保险配套服务工作，总之一句话，就是哪里需要保险，我们就服务到哪里。刚才少林说，昨天我市发生一起严重交通事故，交警队来电请我们支援，实质上就是服务需求，过去我们不参与一线事故处理，但我们应该走到前线，提供优质的保险服务，这就是要打破原来的一般做法，到保户最需要的地方去，这个会开完后，我和曾少林，李莉你再派个新来的女大学生和我们一起到交警队，为什么要派一个女同志呢？我估计死者家属中肯定有女的，所以派个女同志方便做安抚工作。好了，会就开到这里，请大家各就各位吧。"

散会不久，梁志亮正在收拾有关材料，准备马上赶往交警队，这时，李莉带着一名女员工走过来，见到梁志亮。李莉说："科长，这是新来的穆小美，是财经大学毕业的。"新来的女大学生，长得十分干净俊美，齐耳的短头发，黑黑的眼睛，衬托着一张青春妩媚的脸蛋儿，给人一种清爽干练的感觉。梁志亮听完李莉的介绍，便伸出手来与穆小美握手道："小穆同志你好，今天请你和我们一道，前往交警队，处理一起交通事故案，没问题吧？"穆小美回答："好的，服从科长安排。"梁志亮："太好了，我们出发吧。"梁志亮和曾少林、穆小美骑着自行车，往交警大队方向行进。一路上梁志亮向穆小美交代了相关事项，穆小美仔细听着，因为到公司后，这毕竟是她第一次参加这样的工作，多多少少略显紧张，她也不断调整自己的情绪，看得出她是十分认真的。

很快，他们便到了交警大队，见到交警大队事故科的肖科长，梁志亮赶忙递上名片。肖科长见到保险公司来人，非常感激，他握住梁志亮的手说："梁科长，谢谢你们到来，死者是外地人，两个人是一对夫妻，另外就是司机，车上3个人全部遇难，大货车司机受重伤，还在抢救，大货车在市保险公司购买了第三者及司机保险，现在由于肇事司机在医院，所以本案的善后工作很麻烦。死者家属来了3人，具体是，司机弟弟和两名妇女。那两名妇女是这对夫妇的女儿。他们3人现住在海洋宾馆，费用都是由我们交警队垫支的，你们来了，我们共同配合，尽快把该案处理好。"听完肖科长的简要介绍，梁志亮说："肖科长，我们一定好好配合你们，善后工作协助家属也是应该的，需要我们怎样做，请吩咐吧。"肖科长说："现在你们先到海洋宾馆吧，看望遇难者家属，做好安抚工作，有事我们随时沟通好吗？""好的，那我们先去了。"从交警队出来，他们直奔海洋宾馆。在宾馆门前的水果摊，梁志亮买了些水果，然后来到了遇难者亲属的住处，得知他们分别开两间房。梁志亮走到门口，伸手敲了两下半掩的房门，随后见到3人：一男二女。他们都悲痛欲绝，其中两位是头发凌乱、两眼通红、神情木讷的年轻妇女。梁志亮走上前去，逐一与他们握过手，然后沉痛地说："同志，您们好！我们是本市保险公司的，今天来看望大家，向你们表示深切的哀悼和真诚的问候，同时也想了解一下你们有什么困难，我们尽力帮助你们解决，希望你们把我们当作自己人……"他们见到梁志亮几个人到来，开始毫无反应，经梁志亮一说，才慢慢地回过神来，男同志先开口："开车的是我哥，我们从丰信来，另外两位是她们的父母，真惨啊，大货车是越线撞过来的，司机肯定是疲劳驾驶打瞌睡了……

我们接到通知，我妈在家听闻后，已晕倒了，现在还不能走路，太惨了，你说怎么办吧？"梁志亮进一步安慰说："是的，此次交通事故，真是令人痛心，我和你们一样，悲痛欲绝，非常痛恨肇事者，据说他也在医院正在抢救，生死未卜。但小兄弟呀，人死不能复生，一定要节哀顺变，要坚强，保重身体，家里人还等着你们回去照顾呢，我们今天是特别看望大家的，看看你们有什么需要我们帮助的。"听完梁志亮的话，男同志继续说："谢谢你们，我们这次走得急，身上没带多少钱，现连吃饭都成问题，江海这地方物价又高，唉，不知如何是好……"听到男同志的诉说，梁志亮安慰道："不要紧的，我们尽快把赔偿金办妥交给你们。"梁志亮说完，摸了一下自己的口袋，他记得前几天发工资，在交给妻子时，留下了100元钱，于是掏出送到那位男同志面前，梁志亮说："这是我本人的一点心意，你们拿着先解决眼前的燃眉之急，我们很快会把赔偿金办妥的，请你们放心，保险公司就是你们的亲人。"男青年双手捧着梁志亮硬给他的钱，双眼涌出感动的泪花，他激动地说："谢谢您！谢谢您！你们真是我们的好亲人啊！"说完他深深地向梁志亮鞠躬。梁志亮赶快扶起他说："不要见外，我们都是你们的亲人嘛。"同时，穆小美进到房间后，陪伴着两位妇女，也不停地安抚她们，使得这姐妹俩慢慢清醒过来，精神好了些。一阵安抚后，梁志亮留下了公司电话和自己的传呼机号码，告诉他们有事可随时找他。在宾馆待了一个多小时后，他们告别了3位亲属，回公司去了。

　　回到公司已是中午了，员工们都下班了。这时梁志亮感觉口干肚子饿，想吃点东西垫垫，但刚才把所有钱都给了遇难者家属了，现在身上分文没有，只好打算不吃午饭了。他走到茶水台，倒了一杯水，正喝着，曾少林走过来叫他："科长，我们一起到一楼吃个快餐吧，我请客。"梁志亮润了嗓子说："少林呀，午饭我就不吃了，你到营业部带上穆小美，人家是新来员工，我们要关心她，你和她一块儿去吧，我不用你担心了。"曾少林听梁志亮这么说，知道科长肯定利用午休时间，审批赔案，于是内心打算吃完后，帮他带点吃的上来。

　　穆小美今天参与了前线活动，目睹了交通事故给人们带来的悲惨后果，给她的心灵造成了很大的触动，同时，她也看到在灾难发生后，保险公司人员的及时出现，无疑是降低受害者悲痛的福星。大家用慈爱的关怀和最有效的帮助，像冬天里的太阳温暖着受害者的心。特别是梁科长那慈爱谦和的态度，体贴入微的工作作风，将保险公司的温暖传送给每一个受害者，给予他们宽慰和力量，把保险公司的形象推向新的高度。穆小美十分庆幸自己能从事这样的工作，她更敬佩梁科长的崇高品德，在这样的人的领导下工作，是多么的荣幸啊！正当她沉静思索时，曾少林喊她："小穆呀，科长叫我带你去吃饭，走吧，就在楼下。"于是曾少林和穆小美两人下楼吃饭去了。

　　曾少林和穆小美，各自要了一份快餐，吃着吃着，穆小美忽然问：

"曾组长，我们科长这么能干，处理起问题也很有办法，他是哪个大学毕业的？他多大年纪啦？"曾少林说："什么哪个大学呀，他是军队转业干部，才 28 岁，比我大两岁，今年 4 月才上班，来了才半年。时间虽不长，但我们科的工作，已发生了很大的变化，大家都很佩服他。今上午的事，你也看见了，他平易近人，谦和可亲，又不失管理上的严格，他要求员工严格按制度考核，自己以身作则，同时，也十分关心我们，总是给予人温暖和诚信，我打心里敬佩他。"穆小美感叹地回应："原来才 28 岁，那么老练和沉稳，真是看不出来。"曾少林说："他还是战斗英雄呢。不愧为军人出身，做什么事都像打仗，讲求谋略，近期一系列举动，真像行军布阵打仗一样。比如，一出手就让全市拖拉机承保了；然后，带着王小明、沈方、蒋涛，又把整个沙堂公社的企业财产保险及机动车辆保险，收入公司囊中，光企业厂矿就上百家；而后，又在东口岸设办事处，把进口车辆保险业务一揽子拿下。我看呀，很快就轮到我们理赔了，上午就是第一枪。我们理赔组有两个同事，开始对科长都是瞧不起的，经过几个回合，他俩看到科长的聪明才干及品行，还有实际工作成果后，都已转变了态度。"听着曾少林的介绍，穆小美更加敬重他们这位精明能干的科长了。

　　时间很快到了下午上班时间了，梁志亮从李经理处拿回批准执行的方案，见大家已到齐，就说："我手头上有一个改进当前业务拓展及理赔前线服务的方案，等一会儿由小王复印后，发给大家先看看，然后再听听大家的意见，我们要抓紧实施。"同时他吩咐曾少林，尽快到交警大队，把交警出具的上午去探访的那宗交通事故案的交通事故初步证明书拿回来，他说："少林呀，把证明拿回后，马上做赔案，先把3位遇难者的死亡赔偿款，按省文件规定每人8000元，共计24000元赔付给受害者亲属，赔偿金必须在明天上午送到家属手中，其他如受损车辆、丧葬费、亲属交通费、住宿费、误餐费等，待最后结案时处理。另外遇难者家属的安抚工作还要跟进，你同穆小美多多关心他们，如遇特别事情，随时向我报告"。曾少林领命去了。

在梁志亮的关心下，遇难者亲属在失去亲人的万分悲痛中，情绪逐步平静下来，精神状态也略有好转。尤其是曾少林和穆小美每天都到海洋宾馆探望，帮助遇难者亲属及时解决生活上以及善后处理各环节中的问题，把他们当成亲人，为此遇难者亲属们深受感动。经过几天的时间，各项善后工作已圆满结束，由于保险公司的积极参与，为本次交通事故处理提供了方便条件，无论是交通事故处理部门，还是遇难者亲属都非常满意。今天遇难者亲属在即将回家之时，特意来到保险公司告别，在穆小美的引领下，他们来到了公司会客室，穆小美请他们坐下后，倒上茶水，端到3个人面前，然后道："您们请在这里稍候，我通报梁科长。"不多会儿穆小美领着梁志亮和曾少林走过来，3个人见到梁志亮，不约而同地跪下，满脸流淌着泪水，梁志亮见状迅速地把他们扶起，说："妹妹、弟弟，快起来，不必客气，到保险公司如同到自己家，在家里不必客气的。"梁志亮把他们扶起来后，其中姐妹俩紧紧地握住梁志亮的手，含着泪花激动地说："梁科长，您是我们的大恩人啊！"梁志亮回应说："妹妹、弟弟，这都是我们应该做的，大家遇上难处，我们尽其所能，帮帮大家是应该的，请你们把我们当亲人，今后有什么难处还可以写信给我，不要见外啊！"看到这场景，曾少林、穆小美也深受感动，当人们遇到灾难时，保险人用自己的行动帮助他们，伸出援助之手，把温暖送给人间，这是多么崇高的善举。医生可以用药治好病人，保险人当灾难降临时，用他的真诚之心以及慈母般的爱，还有及时的经济补偿，同样在精神上温暖着遇难者亲属的心，让他们再次燃起生活之火。因此保险工作是一项无比光荣的事业，这也更加坚定了他们对本职工作的热爱，而当下这令人激动的场面，真是让人感慨万千……

梁志亮经过艰巨细致的工作，使业务拓展及理赔前线贴心服务的具体措施得以落实，新措施产生出来的效果，真正体现了国家保险利国利民的重要作用。一个崭新的，充满生机活力的社会主义保险业的良好风貌，正以它特有的作用与福祉，为江海市人民提供特定的风险保障。

第二十一章　回故乡

　　梁志亮的家乡，是在东城的石峰公社，生产大队总人口有 2000 多人，由几个自然村组成。而他所在的自然村，只有 40 户人家，约 200 余人，村庄不算大，四面丘陵环绕，小山连绵，风光秀丽，村口处有一棵参天大榕树，是这个村庄的主要标志。村前有一口水塘，靠近水塘处有一口水井，是供全村人饮用的，井水清凉甜润，是全村人的生命之源。村庄中部有一座古老的大宗祠，是先祖留下的宝贵遗产，也是全村人聚会的地方。环绕着村庄的是古树成荫，鸟语花香。今天梁志亮向公司请了两天假，带着妻子和女儿，乘车回到日夜思念的故乡。上次探家是一年前，那时他还在部队，转业到江海后一直抽不出时间，所以只能一拖再拖，今日终于成行了。梁志亮一家回到故乡已经是傍晚时分了，人们都已收工回家，正烧火做晚饭，各家各户炊烟袅袅，村庄生生不息。梁志亮家屋，坐落在村西边，两间砖瓦房另外附加一个不大的厨房，房外四周菜地环绕，都是本村各家各户的自留地。梁志亮家现在的房屋是两年前父母建的，以前住的在村中心，房子很小，就一单间约40平方米，随着孩子们越来越大，原来的房间实在不够用了，父亲写信给部队的梁志亮，谈了建房的想法，说泥砖可以自己造不需要钱，但又不够钱买木料和瓦，不知如何是好……接到父亲的来信，梁志亮动用了自己的积蓄，又向战友借了一些，筹够了200元，寄给家里，用这个钱购置了木料和瓦，然后在自家的自留地里建了这座泥砖瓦房。就是这样两间泥砖瓦房，在村里面还是很令人羡慕的……

　　梁志亮抱着女儿，李海丽拎着两个包裹紧跟其后，不一会儿就已来到家门口。梁母正在门前的空地堂里，挥刀斩切着一堆猪菜，准备用来喂养生猪。老人家低着头干活，没有看见他们一家三口，待梁志亮一家来到她老人家面前，叫了声："妈妈，我们回来了。"梁母才猛一抬头，满脸惊喜，"啊，志亮你们回来啦！"这时在厨房炒菜的父亲和帮烧火的二妹，闻声放下手中的活儿，也出来迎接志亮一家。奶奶在里屋听着收音机，还不知道他们到家了。这边见到儿子、儿媳及孙女的梁父非常高兴，笑得嘴也合不拢。二妹走上前来，抱住晓穗与她亲昵，3个弟弟还没有回家，大弟是到后山去把放养的鸡收笼，二弟去自留地里给蔬菜浇水，最小的弟弟在学校还未回来。梁志亮和海丽把行李放下，走到里屋见了奶奶大声叫道："奶奶您好！"老人家见到志亮非常高兴："哦，回来了，回来就好啊！"见完奶奶后，他俩动手也帮着做起了家务。回到爷爷奶奶家，晓穗非常开心，在院里不停地来回奔跑着，一会儿追赶小鸡，一会儿逗逗小狗，一切都让她觉得新鲜好玩，笑声不断。不多时，几个弟弟陆续回家了，见到哥哥和大嫂，他们都有些腼腆，毕竟大哥大嫂很少回家，见面不多，虽然是自家人，也略显生疏。看见一家人都回来了，父亲在大弟挑回来的鸡笼里，捉出两只鸡杀掉，做了两大盆菜，父亲说今天真比过年还高兴。是呀，自从志亮10年前离开家，一家人就很难得团聚，今天梁家终于团聚了，还有了孙女，真是无比幸福。很快饭菜便做好了，因为高兴，父亲想起要喝酒，掏出两块钱给小弟，吩咐他到村东头小杂货店里买酒去。梁志亮叫住小弟："志富不用去了，你嫂子带了几瓶酒回来，今晚就喝她带的。""哦，就不去了！"小弟回应。菜已上桌，一家人围坐在一起，梁志亮开了一瓶洋酒，对大家说："这是外国酒，咱们都尝尝，但不能喝多，因为外国酒都有后劲的。"因为奶奶不喝酒，志亮先给父亲倒上半碗，然后给自己倒了小半碗，酒倒上后，梁志亮端起碗，首先敬父母一杯，说道："这碗酒是敬二老的，爸妈您们辛苦了，祝两老健康快乐！"说完一干而尽，又倒上小半碗，与弟、妹共饮，并说："弟、妹，你们在家辛苦了，大哥和大嫂也敬你们一杯，祝大家工作顺利！"说完又一干而尽。最后他走到奶奶跟前，帮她挟上菜，亲了一口老人家，说道："祝奶奶健康长寿！"老人家笑得合不拢嘴。一家人开心非常，其乐融融。

深秋的故乡，微风悠悠，繁星点点，秋意正浓。饭后梁家的男人围坐在一起，饮茶畅叙，从亲情聊到国情，从家事聊到天下事，天南地北，欢声笑语在夜空飘荡。李海丽帮助二妹收拾家务，奶奶洗漱后已回房休息，母亲准备床铺，好让志亮一家过夜。晓穗一会儿跑到妈妈身边撒娇，一会跑到爸爸这边玩耍，小家伙活泼天真、可爱极了。

趁着几个儿子都在，梁父借着酒兴，对志亮说："志亮啊，原本我指盼着你能在部队当个将军，好把你的几个弟弟妹妹带出去的，想不到你转业回来了，唉，真是人算不如天算，现如今，生产队也已分田到户了，我们家分有 4 亩水田，5 分旱地，这些地，我和你妈就可以干妥的，你看志坚、志和这两个，读书也不行，没什么文化，志富读书还成，但他还小，今年才 10 岁，就是志坚和志和最麻烦，如果留在家里，靠这几亩地，连老婆都找不到，谁肯嫁他们啊，如果江海市有打工的地方，你联系一下，让他俩出去闯闯也好，开开眼界，增加些见识也好嘛，但一定不要违犯纪律，不要影响你的工作和前途。"梁志亮认真地听着父亲的嘱咐，不时点头。他何曾不知道父亲的想法？记得入伍前的一个晚上，父亲也像今晚一样，嘱咐他要在部队好好干，有机会带着弟弟妹妹离开这个地方。待父亲讲完后，梁志亮说："爸爸，我一直记着您的嘱咐，现在江海正在大建设、大开发，机会应该有的，但由于我刚到地方，许多情况都不熟悉，待以后有机会，我会把弟弟妹妹们带出去的，请爸妈放心吧。"不觉夜已至深，父亲最后说："好啦，今晚就聊到这里吧，明天下午你们就要回江海了，早点休息吧。"显然，父亲听了志亮刚才的这番话，很欣慰，内心充满着美好的憧憬。

第二天一早，天刚亮，梁志亮已起来，他叫上大弟志坚，他们到厨房洗漱后，走出家门，来到了后山丘，这是他童年放牛、放羊的地方，虽然离开了10来年，但这里的一草一木梁志亮都非常熟悉和眷恋。他随手在山边路旁，摘下一片小草叶，贴在唇边吹学起了各种鸟叫，声音清脆悠扬，引得小鸟也叽叽喳喳地叫起来。这些小技艺，还是他当年放牛时练出来的。他和弟弟走一路看一路说一路，他突然想起了一件事，就问志坚："志坚呀，翻过前面那座小山，山脚下有一口泉井，现在还有吗？"志坚回答："现还在，不过泉水比从前少了些，我们有时在附近劳作，口干了还到那里找水喝。"志亮听后很高兴，他说："走，我们到那里看看。"于是兄弟俩直奔泉井而去。不多会儿已来到泉井边，清澈的泉水依然哗哗涌动，梁志亮看见眼前的情景，忍不住俯身用手捧住泉水，顿感一阵清凉，他用泉水洗了一把脸，又喝了几口，深有感触地说："啊，家乡的水真甜嘞。"站在一旁的志坚，看到哥哥那么开心，待哥哥喝完后，他也来了几口，志坚也说："确实甘甜呀。"在泉井边待了一会儿，兄弟俩继续沿着小道，又走到一个小山丘上，他们望着满园春色，山花烂漫，真感田园美景风光这边独好！真是时代催人变，当年在这里放牛、放羊、耕种时，怎么就没有今天的感受呢。兄弟俩不知不觉已出来大半天了，志坚说："哥，咱们回家吧，大嫂见我们出来这么长时间，可能会着急的。"志亮说："好吧，我们回家去。"

回到家里，大家都已吃过早饭。这时去年嫁到邻村的大妹妹，听说哥嫂回来了，也赶了过来，她见到志亮说："哥，你们回来啦，大嫂呢？"正说着，李海丽带着晓穗迎了上来："她大姑妈过来啦。"大妹赶快回应道："大嫂好，这是晓穗吧？"说罢顺手抱起晓穗，一面亲昵地抱着一面说："真是太可爱了。"这会儿志亮和志坚正在吃早饭，李海丽对志亮说："我和二妹到镇上市场逛逛，你们在家吧。"听着海丽的嘱咐，志亮点了点头。海丽便带着晓穗和二妹一起出发了，大妹见她们出去，也跟着一起走了。到了中午时分，李海丽她们拎着许多购买的物品回来，原来都是些土特产和青菜，李海丽说："乡下的东西价格比较便宜，所以买些带回江海去。"父亲已把中午饭做好了，招呼着大家上桌吃饭，依然是宰了两只鸡，又炒了几个菜，香喷喷的，一家人围在一起，边吃边聊，好不开心。父亲对着大家说："今天吃的全部都是自家产的，尤其是海丽你们要多吃点，另外我又叫志和宰了两只鸡，给你们带回去。"李海丽听到公公这么说，深感家人对自己无比关心，过意不去地说："爸，不要为我们操心这么多，我和志亮会照顾好自己的，两只鸡您就留在家里吃吧。"父亲接过海丽的话说："家里有的，又不是什么宝贝，都是自家养的，你们带回去吃。"看着父亲态度坚决，李海丽也不再说什么了。吃过中午饭，不多会儿，已到了下午两时，梁志亮一家要到火车站乘车了。父亲叫志坚和二妹，陪他们一家到火车站。临出家门时，志亮领着海丽和晓穗，向着奶奶、父母及其他家人，深深地鞠躬道别。奶奶大声说："记得有时间多回家看看啊——"梁志亮也大声回答："奶奶，我记住了，再见，再见了。"家人们望着志亮一家逐渐远去的背影，心中又留下了一串长长的思念。

第二十二章　特大事故处理

　　万利公司里，老板面色惨淡。他刚接到东方县交通监理所打来的电话，报告他公司一辆货柜车，在东方境内行驶时，越线将迎面一辆朝江海市方向行驶的 14 座客车撞翻，致客车起火，造成客车上 12 名乘客死亡，现场惨不忍睹，现通知他立即派人前去处理。由于这辆客车是花莲县所属，所以交通事故善后处理工作，移至该县县委招待所内进行处理。接到这个电话，万利公司的老板急得像热锅上的蚂蚁，一时六神无主，不知如何是好。这时该公司负责安全的员工，向他提议："冯老板，我们公司的所有车辆，都向江海市保险公司投了机动车辆第三者强制保险，我们不如叫上保险公司工作人员，和我们一起前往花莲。"听安全员这么一提醒，冯老板仿佛遇上了救星，他马上说："赶快给保险公司打电话，请他们帮忙一起去处理，如果同意马上派车去接。"安全员随即拿起电话与保险公司联系，请求协助。

保险公司工作人员接到电话后，感到问题严重，立即报告了梁志亮。梁志亮沉思了片刻，当即通知曾少林把理赔小组的人全部召到会议室。不一会儿，人员到齐，梁志亮说："同志们，今天我们临时召开特别会议。刚接到万利运输公司电话，反映他们的一辆货柜车，于昨天下午4时，在东方县境内，越线碰撞迎面驶来的一辆14座客车，致对方车辆12人死亡和客车烧毁的特大交通事故。现万利公司要求我司派人协助处理，所以，我决定起动前线服务一级响应，由我带队，前线服务小组共4人，除留一名人员值班外，其余3人和我一起前往，出发时间下午2时。现离出发时间还有两小时，会后相关人员迅速做好准备。近期交通事故有上升趋势，我们必须做好服务工作，交通事故是一瞬间的不当，造成严重后果，给无数家庭带来不可挽回的灾难，许多家庭和个人从此失去的父母、丈夫、妻子、儿子等，所以我们保险人，除了认真履行职责兑现承诺外，还要有一颗善良同情之心，用火热的心和慈爱行动，温暖受难者的心灵。总之一句话，就是把我们最好的服务、最大的热情献给我们最好的朋友——人民群众。"梁志亮开完会后，把情况向李经理作了报告，同时和妻子通了个电话，回家拿了两件换洗的衣服，便回到公司等待出发。

下午2时，梁志亮他们一行4人，坐上万利公司派出的车辆，飞速跑在通往花莲的公路上。万利公司冯老板与梁志亮并排坐着。因为此次事故特别严重，大家心情十分沉重，车上人员没有更多的交流，只是冯老板用近乎哀求的语调，请求梁志亮帮助他；他说道："梁科长啊，你们一定要帮帮我，唉，这个家伙肯定打瞌睡了，不然的话怎么会越线撞过去呢？真倒霉……"梁志亮安慰说："冯老板，事情已发生了，埋怨也无用，我们与你们一起，关键是把善后工作做好。这次遇难者多，工作困难会很大的，我们必须要有思想准备，经济上除了保险赔偿外，恐怕你们也要补偿些了，这样对受害者家人会好过些。"冯老板回答："我知道的，人都死那么多了，我出血也应该的呀。"梁志亮："那好，我们共同努力吧。"汽车快速行进着，经过4个小时，于下午6时到达花莲县招待所。刚进到院子里，就听到凄凉的哭声，真是令人心碎。他们下车走进招待所大堂，迎面走来一位袖带黑纱的人，他见到梁志亮他们，便主动和他们打招呼："同志，你们是从江海过来处理事故的？"梁志亮回应："是的。"来人又说："我是花莲县配合善后的工作人员，工作小组在203房，我带你们去。"梁志亮与冯老板商量了一下，决定让其他同志先去办理住宿手续，他和冯老板马上到工作组。跟着工作人员来到了203房，里面有几个人，见到梁志亮和冯老板后，其中有一个看上去像领导模样的人，便问："你们是万利公司的？"冯老板走上前去，恭敬地递上名片道："是的，我是万利公司的，冯家顺。"这时梁志亮也递上名片并说："我是江海市保险公司的梁志亮。"站在领导身边的另一位同志说："这位是东方交通安全监理所莫所长。"介绍完莫所长，跟着又介绍另一位："他是花莲县王副县长，也是本次事故善后工作组组长。"梁志亮和冯老板分别与他们——握手。莫所长请他俩坐下，便简单介绍了他们对本次事故处理的初步意见，最后又说："冯老板，你们心里只顾赚钱，放松安全工作，此次事故惨不忍睹，造成重大灾难，给人民群众带来多么大的痛啊！"莫所长说完，王副县长接着说："这次遇难的同志，都是我们花莲的精英，年富力强，他们去年才从部队转业，参加过自卫反击战，有3个人是战斗英雄，8个人都立有战功，是人民功臣，而且都是花莲拟任各局的正副局长人选，本来这次是统一前往江海市学习几天就回来上任的，想不到造成这么大的灾难，真是悲痛万分，两天来从县委到全县人民，都陷入了万分的悲痛，尤其是遇难者的亲属，更是难以接受，有几位晕过去几次，现在还躺在医院。为了寄托哀思，我们在招待所礼堂设置灵堂，供人们前来悼念。我们动员了政府机关各部门，抽出大量人员，参加到家属亲人的安抚工作。你们来了务必要就如何做好善后工作，作很好的研究，今晚你们住下来，明早8点在这里再研究吧。"

离开了203房，梁志亮心情十分沉重，12条活生生的生命，被无情的车祸断送，说起来他们还是自己的战友呢！想到这些他的内心无比悲痛。冯老板本来忧虑多多，离开203房，更是木讷呆呆，脸色苍白，他深感责任重大，更对不起遇难者，对不起他们的亲人啊！他寸步不敢离开梁志亮。梁志亮虽然痛苦，但他还算镇静，毕竟经历过生死考验的人。梁志亮深知，光悲痛不能解决问题，应该要面对现实，尽快拿出赔偿方案。为了寄托对遇难者的深切悼念，他和冯老板把随行人员叫上，一起到灵堂去。到了礼堂门口，他还是被里面的凄凉氛围所震撼。在礼堂讲台处，设置了高大的灵位，四周用黑白布做成的帷帐，中间挂上 12 位遇难者的遗像，都是军人黑白照片，两边挂着一副挽联，写着：昔日纵行千里保家卫国，今日痛别亲人两地相隔。横批：一路走好。灵堂里哀乐连绵，更添加了悲痛气氛。虽然是晚 7 时，悼念的人们依然络绎不绝，悲痛欲绝的哭声，令人心碎。梁志亮随悼念人群，来到灵堂中央，向遇难者深深地三鞠躬，以此寄予无限的哀思。

从礼堂出来，他们简单地吃过晚饭，后到入住房间召开工作会议，冯老板也参加，梁志亮就马上要做的工作，进行了布置。他说："本次特大交通事故的基本情况已了解，花莲县委也非常重视，派出了大批人员进行安抚工作，我们保险公司需要做的，就是抓紧将赔偿方案制订好，今晚我们就做出来，明天报给工作小组。曾少林、穆小美你们负责起稿。现在我把赔偿要点跟你们说一下：第一，遇难者死亡赔偿按最高标准定。第二，家庭成员的交通费、住宿费、子女的抚养费及伙食费等，待明天到工作小组了解情况后确定。第三，死者的丧葬费用，待明天了解后确定。第四，车辆赔偿按全损处理，以现时市场价值确定。以上是理赔的基本原则，明天把有关情况落实后，后天就可兑现赔偿金。我今晚会打电话给财务部，让他们明天准备现金支票送到花莲。计划就这些，冯老板你看还有什么建议呢？"梁志亮说完后，冯老板也作了发言："首先非常感谢保险公司，感谢梁科长和大家，给你们添麻烦了。其他我没有意见，看看明天再说吧。"会议简短而明确，散会后大家按照分工，各自忙去了。

第二天根据王副县长的安排，在203房会议室，召开了有东方交通安全监理所、省交通厅、江海市保险公司、万利公司、遇难者家属代表以及花莲县人民政府联席会议。会议由王副县长主持，莫所长通报了本次特大交通事故情况。王副县长就善后工作也作了介绍，会议重点听了梁志亮就本次事故的各项赔偿以及依据的省1983年一号文件政策的情况介绍，梁志亮最后说："这次特大交通事故，造成的灾难我们无比痛心，非常难过，我也是去年转业的军队干部，同时也经历了自卫反击战，这些遇难者也是我的战友，对这一事故我无比心痛，无比惋惜。我们一定认真准确地做好遇难者的赔偿工作，使逝者安息，使亲属安慰。战友啊，安息吧！"梁志亮满怀深情的发言，深深地打动了与会者。会议最后决定，明天上午进行遇难者赔偿工作。同时，冯老板也表示在保险公司赔偿的基础上，再给予相等标准的赔款。

这一天，一楼的会议室，坐满了遇难者的家属和相关的工作人员，会议室气氛悲戚凄凉肃穆。人员到齐后，由花莲县人民政府民政局局长宣布有关赔偿事宜，随后12位家属代表依次从梁志亮手中，领取了赔偿金。家属们虽然万分悲痛，但对梁志亮代表的保险公司的工作如此到位、如此高效，还是充满感激的，因为保险公司不是肇事单位。冯老板的赔偿金是委托县民政局代为发放的，他不敢面对遇难家属。赔偿金领取后，大会安排梁志亮作了个发言，梁志亮说："各位领导，各位亲人，我是江海市保险公司的梁志亮，今天我怀着万分悲痛的心情，向大家发放赔偿金，作为车辆的承保单位，车辆在行驶中发生意外，对造成的损失给予赔偿，这是我们的责任和义务。同时，我也相信此时此刻无论任何补偿，都是无法挽回逝者的生命的，在这里，只有把我们的哀思，化作永久的怀念……亲爱的战友，永别了，一路走好！"梁志亮讲完后，向着亲属座席的方向，深深地鞠躬致意，并向每位遇难者握手问候。仪式在肃穆的氛围中结束。

第二十三章　社会管理

　　时间转眼已到 1987 年。早春的江海，人们忙碌地准备着新一年的奋斗计划。市保险公司，经过近 3 年的大力发展，已经有了一定的发展基础，公司在总结 3 年来的发展经验的基础上，作出了新的一轮改革调整，把原来国内、国外两个业务部，按业务险种设立机构，国内、国外融为一体，即设置机动车辆业务部，财产保险业务部，人身险部，俗称"三部马车"。新的业务架构，更清楚地把江海市保险业务，按架构所经营的险种方向，作了明确的分工。梁志亮被任命为机动车辆业务部总经理，并承担业务拓展及经营管理的工作。在梁志亮内心深处，始终认为，保险经营不能单纯以一个企业的独立体本身效益出发，更重要的是通过保险的业务经营，真正地做到利国利民，尤其是国家保险公司，更加要有社会责任，更加要担负起为国家分忧、为人民解难的责任。

　　经过 3 年的经营实践，梁志亮目睹了不少的单位和个人，在遭受灾难时的巨大痛苦，更加强化了他的社会责任担当意识。为了担负起这种责任，根据江海市目前的情况，梁志亮制订了4项具体措施：

第一，以本部为中心，把业务拓展延伸到江海市各个角落，设立各区业务办事处，在车管所、各区交警大队、全市养路费征收站、航运海上安全监督所、各出入境口岸等，设立业务办理点，方便人民群众办理保险业务。

第二，针对交通事故日益严重这一形势，联系交通警察支队，在各主干道，强化推行严管措施，在公司防灾防损费用中，拿出一部分，建立交通伤亡事故减少奖励机制，调动民警积极性，从而减少伤亡案件发生。

第三，针对车辆被盗被抢日益严重的情况，与公安局五处联合建立机动车防盗防抢小组，在江海市主要进出路口，建立武装检查点，震慑打击机动车辆被盗、抢劫等违法行为。

第四，针对车辆出险客户对事故车辆定损估价中，反映我司工作人员办事不公道，定损估价情绪化等问题，由公司牵头，联系市物价局、市车辆管理所、市主要汽车运输公司等参加，建立江海市交通事故损坏车辆，定损估价委员会，共同参与定损估价维修质量检查工作。

梁志亮为部署上述4项措施，召开了部门会议。他说道："我们推出的4项措施，是根据目前我司的业务发展情况，以及江海市与我司业务有相关联系的社会情况而制订的。有些同志认为，交通事故伤亡的社会管理责任，是交通管理部门的责任，与我司无关，我们只是伤亡一个赔偿一个，这已尽责了，何必还要跑到交通管理一线去参与呢？另外，被盗抢劫案是公安部门的工作，我们没有必要参与，等等，同志们提这些意见我都能理解，但是当我们目睹灾难发生后，给人民群众带来了无限痛苦时，而这些不是用钱就能弥补得了的。作为中华人民共和国的国家保险公司，有责任为降低和化解人民群众的灾难和痛苦，做出我们的努力，这才是为国分忧、为民解难的担当精神；是我们社会主义保险业的根本所在。希望同志们要有大的事业格局，更要有社会责任和担当。"梁志亮的讲话，大大地消除了个别同志的模糊认识，调动了落实各项相关工作的积极性。不久，各项工作便有了实质性的进展。

这天下午，梁志亮和曾少林来到了江海市交通警察支队，拜访支队长。梁志亮向门口值班民警说明了来意，并递上自己的名片，值班民警很有礼貌说："梁总，请稍等片刻，我先进去通报下。"梁志亮："好的，麻烦你了。"不多会儿，值班民警回来道："梁总，请跟我来。"梁志亮他们跟着值班人员，来到了支队长办公室，支队长姓刘，身材略胖，油黑的头发，浓眉大眼，做事雷厉风行具有军人的气质，他也是军队转业干部，早几年回地方，很有魄力和开创能力。刘支队长见梁志亮到了，便放下手中的活儿，起身走到门口："梁总欢迎你。请坐，请坐。"梁志亮说："刘队长，又来打扰你了。这位是我司定损技术科曾少林科长。"刘支队长说："好，欢迎你们！"
待梁志亮二人坐下，刘支队长从办公桌上拿来一张交通事故伤亡统
计表，他十分高兴地说："梁总啊，我们实行严管两个多月，交通伤
亡事故有明显的下降，根据统计比去年同期减少了50%，从这个数
字来看，等于少伤50人，死亡减少40人，真的要感谢保险公司的
支持。"梁志亮接过统计报表，认真地看了看，脸上露出了欣喜的笑
容。他说："刘队长，不用言谢，我们所从事的保险工作，也是保障
人民群众的安定，我们虽然岗位不同，但是社会责任和目标都是一
致的。经过贵队同志们的努力，严管措施取得了实际的效果，为人
民群众减少损失，照这样严管下去，全年会减少很大的伤亡，真是
可喜可贺呀！"刘支队长也十分高兴地接着说："是呀，我们要继续
努力，把这项工作坚持下去，使江海市交通管理秩序能有明显好转。"
刘支队长因为还有会议，所以与梁志亮交谈了一会儿后，便送他们
离去了。

告别了支队长，梁志亮准备到武装检查点去看看。他叫曾少林
打电话，通知防理科莫强科长赶到南岸关口跟他们会合。曾少林领
命到报刊亭公用电话处，打电话通知莫强，打完电话后，他俩驱车
到南岸检查点去。大约经过20分钟车程，他们来到了南岸检查点，
莫强已经先到该处。梁志亮下车后，莫强迎上去，跟在莫强后面的
是公安局刑事侦查处反盗反抢科颜科长；莫强向梁志亮介绍说："这
是颜科长。"梁志亮握住颜科长的手说："颜科长，你们辛苦了。"颜

科长说:"梁总,这是我们应该做的。有保险公司支持,我们的工作会更有力度。自从组织加大检查车辆和侦办力度,两个多月来,共查扣可疑车辆 56 辆,侦破追回被盗被抢车辆 35 辆,抓获违法分子 25 人,可以说初战告捷。另外,我们在全市 4 个进出口处,设立了武装检查点,投入警力 20 多人,实行 24 小时不间断抽查,大大震慑了违法分子,两个多月来被盗被抢案件有了明显减少,取得了很好的效果。"听了颜科长简要的通报,梁志亮很高兴,他说:"取得这么好的效果,是颜科长你们辛勤的付出换来的,我向你们表示衷心的感谢!保险公司工作虽然与公安局工作有所不同,但我们都是努力为广大市民,创造一个安定祥和的环境而努力的,所以我们的目标是一致的,我们要继续共同努力,争取能收到更加好的效果。另外,如果你们在工作中,遇到困难需要我们协助的,随时可以与莫强联系,我们尽力解决,再次谢谢你们!"在颜科长的带领下,梁志亮参观了检查点的人员和装备,每个检查点都配有两支冲锋枪、盾牌和一些警用装备,真可谓荷枪实弹,全副武装。梁志亮参观完后,时间已近黄昏了,于是与颜科长道别,离开南岸检查站,向着市内驱车而去。

热血风华

第二十四章　父亲病故

　　保险公司的会议室内气氛非常热烈。今天在这里召开江海市交通事故损坏车辆联合定损估价委员会工作会议。参加本次会议的单位代表有：市工商物价局莫局长、市车辆管理所廖副所长、市6家大型汽车运输公司和客户的代表，会议由市保险公司组织牵头，小结该工作委员会两个多月来的工作情况。自从两个月前，由保险公司牵头组织联合定损估价工作，各大型运输公司派出了修理技术骨干，直接参与了事故车辆维修定损估价工作，打破了原来只有保险公司理赔员独立定损估价的做法，体现了公平、公正、合理的原则；由市工商物价局负责维修价格投诉处理，由市车辆管理所负责维修质量的检验投诉，创新了保险公司原来独家垄断工作的途径。工作委员会由梁志亮担任主任，莫局长、廖副所长担任副主任，这项工作的开展，得到了广大客户的好评，体现了保险公司的广阔胸襟和对客户真诚负责的态度。今天的这次会议由梁志亮主持，会上工商物价局莫局长、车管所廖副所长、定损估价工作人员代表和客户代表分别作了发言，会议最后由梁志亮作了总结讲话，他说："各位领导，各位同志，上午好！今天邀请大家来，总结两个月来，定损估价及车辆维修质量工作情况，刚才各位同志都作了发言，充分肯定了这项工作，在这里我代表保险公司，感谢各位对这项工作的支持和无私的帮助！社会主义保险业，为人民所办，为人民所开，对人民负责是我们办司的宗旨，所以我们经营管理的各项工作，其出发点都是为人民着想。为创造公平、公正、负责的工作制度，我们在事故车辆定损、估价、维修中，邀请社会有关部门联合参与此项工作，这也就是从根本上建立公平、公正、负责的工作机制。经过两个多月的实践，证明了这项制度和运行是正确的、有效的。我们将继续努力，把这项工作持之以恒地做下去，一定要把它做好，给人民群众一个满意的答卷。再次感谢大家！"会议在团结和谐的气氛中结束。

梁志亮送走了会议代表后回到办公室，他洗了一把脸，回到办公桌刚坐下，只听有人敲门，他随声答："请进。"推门进来的人，原来是自己的堂叔阿勇。只见阿勇叔脸色苍白，当他见到志亮时，忍不住的眼泪哗哗地流，并战战兢兢地说："志亮啊，今早你爸他过世了，走得很突然，你妈叫我出来通知你，尽快回去。"听到父亲突然去世的噩耗，梁志亮犹如五雷轰顶，悲痛欲绝。他强压心中的悲痛，冷静地想当下应该怎样做，他沉思片刻，拿起桌上的电话，第一时间通知妻子李海丽："海丽吗？爸爸今早突然过世了，我决定马上回去，你也请个假，我们一起回去，你先回家等我。"向妻子打完电话后，他随即又打电话给在运输公司工作的表弟："刘辉吗？你大舅今早突然去世，你请个假借辆车，尽快到我家接我，我们马上回去。"两个电话打完后，梁志亮到总经理室请了假，接着通知本部几位科长，交代了有关工作，一切安排妥当后，梁志亮便马上回家去。到了家见妻子已回来了，不多会儿，表弟刘辉开着小汽车也赶了过来。家里岳母盛上两碗饭，劝志亮和海丽吃完再走，梁志亮对岳母说："妈，我不饿，喝碗汤水就可以了。"海丽见丈夫吃不下，她也无心吃饭，晓穗已四岁了，她见父母这个样子，也很懂事，不再像往日那样撒娇，只是站在一旁不吭声。简单带上几件衣服，他们便匆匆出发了。

江海到东城路程并不很远，相距 130 公里左右，但此时全程都在修路，车速较慢。梁志亮一家 3 口人，坐在刘辉驾驶的汽车上，一路上没有什么交谈，更多的是沉默。梁志亮望着车窗外飞移的景色，父亲的音容笑貌，像电影般浮现在眼前……在梁志亮心目中，父亲是一个精明能干之人，他为人仗义疏财，乐于助人。他对家庭和子女，更是操碎了心。他用微弱的力量，支撑着整个家庭的生活。记得在 20 世纪 60 年代初，妈妈得了脑病需要到省城医院治疗，但家里很困难，根本拿不出钱来医治，父亲借遍了亲戚朋友，才凑够 3000 元钱，于是便带上自己，陪母亲到省城医院去看病。当时自己只有 6 岁，为了不麻烦亲戚和节约费用，在母亲看病的几天里，父亲带着自己每天晚上就在医院门口的长椅里过夜，治疗了几天就花光了 3000 元，当时的 3000 元钱，可是天文数字呀。父亲带着全家，起早贪黑，节衣缩食，想尽一切办法，10 年才还清了债务。由于家里孩子多负担重，为了供养孩子们，他从来不乱花一分钱，梁志亮还记得自己读高中需要住校，要做一床单人盖的被褥，做这床被褥需要 15 元钱，为了凑够 15 元钱，父亲只好把仅有的维持全家一年的口粮，拿出一半卖掉，凑出 15 元钱来置办被褥，在余下的半年里，全家只有用地瓜和少量的米掺在一起，煮成稀饭度日。父亲一辈子辛劳，没享过什么福，不管遇到多大困难，也从不懈怠，总是咬紧牙关，想尽一切办法克服困难，以顽强的奋斗精神勇闯难关，他不惧怕困难的勇气和不屈不挠的斗志，为儿女们树立了很好的榜样。这就是梁志亮亲爱的父亲啊！现如今正当儿子刚有点出息，还来不及带他老人家到城市住上几天，享享清福，怎么就离开了呢？梁志亮陷入了极度的悲痛之中。

汽车经过几个小时的颠簸，于傍晚时分回到了家乡。他走下车便直奔父亲房间，家中弟妹以及亲戚都已闻信而来，凄凉悲痛的哭声响遍四邻，令人心碎。志亮掀开盖住父亲的床单，忍不住的伤心泪涌出了双眼。他抱住父亲的头，他不相信父亲已去，过了一会儿，他轻轻地放下父亲，走出房间，与志坚一口气跑到公社卫生院，请求值班医生到他们家去再诊断。医生看见他俩心急如焚的样子，又在梁志亮的再三请求下，于是拿起药箱随他们而去，到了梁家，在梁志亮的引领下，来到了父亲房间，医生放下药箱，拿出听诊器，他先翻开梁父的眼皮看看，又拿起听诊器给梁父听诊检查了一遍，然后对梁志亮说："你爸爸确实已过世了，节哀顺变吧。"听完医生的话，梁志亮此时才确信父亲真的走了。他让志坚送走了医生，自己走到母亲身边，见母亲已哭肿了双眼。梁志亮此时心情似乎平静了许多，便安慰母亲："妈，不要伤心了，爸爸已走，人死不能复生，再伤心也挽救不了爸爸，你要多保重。万事有我和弟、妹呢。"这时，父亲的亲弟弟、梁志亮的叔叔走过来，准备与志亮商量后事。梁志亮叫海丽拿5000元给叔叔，请叔叔明天到镇上买一副最好的棺木，同时相关的礼俗也委托叔叔张罗……

夜已深了，一切安排妥当，其他亲戚已安排在堂叔处过夜，梁志亮和弟、妹守灵至天明。

第二天上午，棺木已抬来，请来几位师傅帮忙入殓。梁志亮望着父亲安详地躺在棺木里，再次强忍悲痛，他深知父亲真的要远走了，真的要永别了：爸爸啊！爸爸啊！您一路走好。

父亲已安葬，亲戚们也已陆续回家去了。梁志亮走出房屋，站在屋檐边，望在村边的菜园，略有所思，上次探亲时父亲的嘱咐犹在耳边，"一定要将弟弟妹妹带出去"。想起这些，梁志亮深感肩上的责任。此刻，有个想法慢慢地浮现在他脑海里，于是他走进里屋，把弟弟妹妹及全家叫到一起，开了个家庭会议。他说："爸爸已离开我们了，全家都很悲痛。父亲曾经对我讲过多次，希望能将弟弟妹妹带出去，我理解爸爸的想法，经过我再三考虑，当然还没有来得及跟你们大嫂商量，先谈谈我的想法：过一段时间，我打算把二妹志兰带到江海，送到汽车培训学校，学开汽车，然后有一技之长，再找工作。志坚和志和，前几天我同一汽车修理厂老板说过，想安排你俩到他们厂学修理汽车，应该没多大问题的，不过你们一定要有吃苦精神，在外求学打工，不像在家，外面有老板和师傅管着，要遵守人家的管理规则，按照规矩制度办事，总之一句话就是要能吃苦，只有这样才能有出息。另外，志富待我联系学校在江海读初一，现在志富还在上学，妈妈先留在家陪志富，待暑假时一起出去，家里几亩田就交给叔叔们耕种吧。这样的安排，海丽你看可以吗？"李海丽说："我没有意见，只要家人好，我们累些苦些都没有问题。"梁志亮又问弟、妹，弟、妹们都说："听哥嫂的"。梁志亮把心中的想法谈完后，犹如一块石头落地，他长舒了一口气，他想尽管眼前他们家很困难，但国家改革开放形势大好，只要努力肯干，弟、妹们一定会好起来的。

　　家乡的夜晚，凉风阵阵。梁志亮望着天空，一阵秋风吹来，又再次勾起了他对父亲的思念，想起父亲一生的坎坷艰辛，想起他的谆谆教诲，一股怀念父亲的思绪，油然而生，他回到房间，拿出纸笔，凄然写下《祭父文》：

　　一、悉告：晴天霹雳响，噩耗传父危。三步并二步，简拾急登程。到家入夜幕，凄凉不堪言；杂念无成句，悲伤痛欲绝。不信眼前事，又再请大夫；大夫重体察，诊断确归去。

　　二、后事：是日夜凄凉，无风天作闷；灵堂当中设，四邻祭声悲。梁家四子弟，守灵至天明；堂前四方戚，待候料后事，当午日中照，回天正当时；堂对罗浮峰，瞰北座南迎。

　　三、父德：坠地风火年，诞生东江畔，孩时岁月苦，艰辛苦难堪。华年赴边关，而后回耕种，历以社变迁。平生无所求，刚正义无差。

　　四、父勤：人生翻数载，立年建家业。贫日长漫叹，儿女得三双。耕种抚家口，寒舍当乐居。为求清贫过，慈父献辛劳。谆谆教儿女，勤俭且发奋。夕阳黄昏晚，仍然耕地勤。

　　五、怀父：慈父今已去，呜咽树亦哀。既去不能回，深念寄哀思。平生坎坷折，风雨浪滔滔。世至今日转，残留待发兴。儿女定奋发，实现慈父愿。

　　梁志亮怀着无比沉痛的哀思，写下了发自肺腑的《祭父文》，字里行间，充满了对父亲的敬意和不忘父亲殷切期望的决心。夜深了，梁志亮在夜深人静的时刻，期望着春天早日到来。

第二十五章　来信举报

　　保险公司会议室里，气氛紧张而严肃，公司党委会在这里召开。会议内容主要是：研究群众来信举报机动车辆业务部总经理梁志亮，滥用职权、不务正业，参与业务无关的交警、刑警有关工作，乱用防灾防损费用，造成不良影响，群众反映很大等。此前，为了弄清楚情况，纪检监察部门进行了深入调查，调查结果是：

　　经查自3月份以来至现在，机动车辆业务部确实与市交警支队、公安局刑警处合作，对主要干道实行严管和在我市进出口处，设立武装检查工作，从公司防灾防损费用中，拨出部分用于奖励有功人员，共支出费用60万元。

　　根据这个情况，有个别党委委员，提出撤销梁志亮机动车辆业务部总经理职务。为了慎重起见，同时也是对一个干部负责，党委书记梁自成决定，召开一次非常党委会，集体听取梁志亮对情况的介绍，然后根据情况再作研究处理。所以今天的会议气氛显得十分严肃认真。

　　各党委委员和纪检监察部负责人到齐后，通知梁志亮进来，梁志亮拖着疲惫的身体，走进会议室，他看见大部分参会人员，表情严肃，气氛凝固，他预感到问题严重。由于前几天才处理完父亲过世的事，刚回公司上班，就接到纪检监察部的通知，对此梁志亮在思想上是毫无准备的。梁志亮被安排在与党委委员相对的位置坐下，他面向大家，略作镇静。这时党委书记梁自成说："志亮同志，今天请你来，是要你向我们在座的各位，介绍你部为什么要和交警支队、公安局刑警处进行合作，请你把有关情况，向我们作个说明。"梁志亮沉思片刻，然后抬起头，带着略沙哑的嗓子开始讲话，他说："各位领导，关于我部与交警支队、市公安刑警处合作问题，我向各位汇报如下：近3年来，我亲临交通事故善后处理工作达几十宗，我亲眼看到，由于交通事故造成的伤亡，致使无数家庭陷入了极大的灾难，父母失去了儿子，妻子失去了丈夫，丈夫失去了妻子，儿女失去了父母，等等，根据市交警支队统计，去年一年就伤亡1200人，其中死亡500人，伤700人。交通伤亡事故，不仅造成大量的经济损失，而且给社会、给人民群众带来不可挽回的灾难、损失，严重影响社会的安定。另外近年来，我市盗窃抢劫车辆案件急剧上升，在我司保险的车辆中，去年一年就有300多宗，这给我司保险赔偿带来很大的影响，也给人民群众带来极不安全不稳定的社会环境。我部与上述两个单位联手，加大交通干道管理力度，配合刑警处严厉打击盗窃抢劫犯罪行为。经过几个月的工作，从交警支队获悉，交通伤亡事故减少了 50%，刑警处获悉，扣留可疑车辆 56 辆，破获并追回被盗被抢车辆 35 辆，成绩可喜，大大地震慑了犯罪分子的嚣张气焰。本人认为，作为社会主义的保险业，我们不仅要遵从保险合同契约，落实保险赔偿责任，而且还要积极参与政府有关部门的防灾减灾工作，千方百计，减少灾害发生，配合政府有关部门，承担社会管理责任，为人民群众的安全创造有利环境；同时，通过防灾减灾的有力措施，最大限度地降低事故率，减少事故灾难的发生，为人民群众创造一个安定祥和的社会环境，这对我公司本身的经营效益，也是十分有利的。灾难少了，我们的赔偿支付也会减少，更重要的是保证了几百个家庭的安宁，这是一件利国利民的大好事。我们办保险，搞经营，应有长远的发展战略，远大的格局胸怀。经过我司的积极参与，现在，整个江海市都对我司有良好的赞誉，社会认同度和社会影响力也日益得到提升，大大地促进了业务发展，所以我认为与交警和刑警合作是一件非常值得的好事。"

梁志亮讲完后，被安排先行退出了会议室。

党委会继续进行。党委书记梁自成说："刚才大家都听了梁志亮同志的有关情况介绍，现请各位发表意见。"梁自成话声刚落，分管纪检监察的张副总经理发言，他说："听了梁志亮的介绍，我感觉梁志亮不仅有强烈的事业心，而且有战略眼光，他能跳出业务经营的传统格局，深入到社会去，在参与社会管理的同时，寻求发展机会，我认为这是难得的好同志，我收回撤销其职务的建议。"张副总讲完后，其他委员也分别作了发言。最后梁自成作会议总结，他说："刚才各位委员就梁志亮的问题，分别给出了意见，大家的态度基本是一致的，我本人意见也与各位相同。我认为梁志亮所想所做，有强烈的责任和担当，作为社会主义国家的保险公司，在做好风险保障的同时，更要注重风险预防和管理，而风险的预防和管理，就是要跳出保险公司办公大楼，走向社会走向人民之中，了解和发现风险点，配合政府有关部门，化解和降低灾害事故的发生，才能做到国家保险利国利民。关于群众来信，党委会今天已作了研究和讨论，请张副总会后，找机会向梁志亮谈谈，消除他的心理压力和思想包袱，以免给他造成负担，影响今后的工作。"梁自成讲完后，宣布会议结束。

当天晚上梁志亮下班回到家里，妻子已先到家，正在厨房做饭，晓穗在客厅看小人书，岳母正在收拾整理晓穗的各种玩具。梁志亮回到家后，先同岳母打招呼："妈，您辛苦了。"岳母见志亮回来，也说："哦，志亮回家啦。"晓穗看到爸爸回来，便放下手中的图书，过来拉住爸爸的手，从书包里拿出了两本图书，高兴地告诉爸爸这是幼儿园发给的。梁志亮抱起了晓穗，在她稚嫩的脸蛋亲了亲。这时李海丽从厨房出来，看见梁志亮抱着晓穗强笑的面容里，透视出一丝淡淡的忧伤，李海丽并没有马上问志亮，而是默默地回到厨房。她心里知道，丈夫自父亲去世后，内心一直很悲痛，精神打击很大，但经过几天时间已慢慢恢复平静了，怎么又有不愉快？今天是丧假后第一天上班，难道工作不顺利？肯定遇到困难了。李海丽在丈夫的表情里，已察觉到有些不祥。吃过晚饭，收拾完碗筷，李海丽假装出去买东西，要梁志亮陪伴一起去。二人出了家门，沿着小道慢慢走着，这时李海丽问志亮："今天上班是不是遇上麻烦事了？"梁志亮回答："没什么，只是一些误会而已……"在李海丽的追问下，梁志亮只好把今天发生的事情，向她作了个陈述。李海丽听完，愣了半会儿，然后叹息说："唉，原来真的有事，真是祸不单行，刚刚父亲才去世，公司又发生这件事。"梁志亮安慰妻子说："没什么的，我已向公司党委作了详细的解释了，相信上级领导和组织，会做出正确的处理的，放心吧。"海丽接着说："我们做事问心无愧，想开些，一切顺其自然吧。"夫妻俩聊着聊着，已在小道上走了几个来回。这时月牙高挂，繁星闪烁，晴朗的天际仿佛告诉人们，要成事就必定要历尽艰辛，在走正道为人民做事的历程中，亦必会承受人间沧桑与磨难。梁志亮这位曾经的军人，正迎着人间风霜，搏浪前行。

这一天，梁志亮从分公司张副总办公室出来，感到一身轻松。刚才张副总已将党委会最后的决定告诉了他。几天来悬在心中的石头终于落地了，他衷心地感谢公司对自己的理解和支持，并下定决心今后要更加努力工作，不辜负上级领导和组织的希望。

第二十六章　医院探究

　　1992 年，改革开放的春风，吹遍祖国大地，一切事物都在变化，计划经济与市场经济观念，在不断的碰撞中，继续前行。此时的梁志亮已升任分公司总经理助理，但仍兼着机动车辆业务部总经理之职。1992 年中国的保险业也悄然变化着，国家保险业已打破了独家垄断的格局，出现了多家竞争的局面。为了更加适应市场开放，江海市保险公司决定，内部经营成本核算也实行市场化运作。在 3 大业务部中，公司采取用配置综合成本率的方式，确定各个业务部门费用额度，这一主张充分给予部门更灵活的财政支配权，同时也增加经营单位的经营管理压力，业务发展快了，经营绩效好了，所得到的费用就多了，员工的生活就会得到改善和提高，反之就会影响收入，更谈不上提高生活了。如何在市场开放竞争的环境中，既赢得市场，又不失保险的本来属性，梁志亮正经受着一系列新的考验。连日来他陷入了苦苦的思索之中，他意识到作为国家保险公司，在经营本质上不管市场多复杂，只要我们坚持国家保险公司本色、利国利民这一初衷，有了这种信念，这是战胜一切竞争对手的法宝。在梁志亮内心深处，始终坚持不管在行进路上遇到多大困难，都不能做损人利己的事，做人应该要有底线。经营企业也是一样，尤其是经营保险业，我们对客户卖的是承诺，履行诚信是基本原则，不能偷奸耍滑，说一套做一套，这是需要防范的错误理念，因此我们应该有足够的定力，坚持以民为本，服务人民这一出发点立足点，在做好本职工作的同时，多承担些社会责任，用实际行动服务于民，为广大人民群众提供实质的保障，人民群众就会认同你相信你，从而也会赢得市场。

这一天，回到了自己的办公室，随即叫定损技术科科长曾少林过来，因为前段时间让他到公安交通管理局，拿来的交通事故统计表中，伤者送到医院的死亡率比较高，将近50%以上，他想深入到医院了解情况，弄清究竟是什么原因。这时曾少林已进来，梁志亮对他说："你跟交警事故科联系好了吗？一有伤亡事故马上通报我们，我们一起到医院看看。"曾小林回答："我与他们说好了，有案件会马上告诉我们的。"梁志亮继续说："小曾呀，你先回去等待并安排好车辆，叫上穆小美作好情况纪录工作。""好的，我回去准备了。"曾少林应声完，走了。梁志亮拿出需要处理的一大摞文件，认真地处理起来。

由于近几天来，事务性的工作较多，最加上心情不好，耽误了一些时间，各种请示、申请文件比较多，所以梁志亮要认真审视批复。正当他埋头工作的时候，曾少林敲门进来说："梁总，交警事故科打来电话，刚在上海路中段发生一起事故，造成多人受伤，伤者正送往华南医院，我们马上过去吧。"听到曾少林的报告，他立即放下手中的活儿说："好的，我们马上出发，直达华南医院。"梁志亮说完立即拿起随身的公文包，跟着曾少林下楼来到停放在公司楼下的吉普车帝，穆小美已在车旁等候着，见到梁志亮到来，穆小美把车门拉开："梁总您先上。"梁志亮也顾不上那么多，说了句"谢谢"，迅速登上了车。曾少林待他们都上车后，随即开车向着华南医院奔去。在路上梁志亮吩咐穆小美："小穆，我们到医院后，你要把所见到的情况记录下来，今后我们要研究如何提升对客户和百姓服务的问题。"穆小美回应说："好的，我会详细记录好。"不多会儿，汽车已到医院门口，他们下了车直奔医院急救室。此时华南医院人头涌动，嘈杂喧嚷。梁志亮一行来到了急救室门口，在门口站着两名处理事故的交通警察，梁志亮经常与他们商量工作，所以大家非常熟识。见到他们过来，警察主动跟他们打招呼："梁总，你好。"梁志亮还礼说："你们好，辛苦了！"曾少林也向两位警察打了招呼，然后问他俩："伤了几个人？什么时候送来的？"警察说："一共 4 个人，两位伤势轻些，另外两位比较重，来了有 20 分钟了，医生正在处理。"听完警察的情况介绍，梁志亮进到急救室，只见 4 位像民工装扮的伤者，躺在急救床上，两位伤势较轻的伤者，各用纱布包扎双脚，另外两位头部和腿部也捆着纱布；其中有一位看到梁志亮走过来，哀切地求助："同志啊，求你救救我吧，我肚子痛得很，我求他们帮检查，医生都不理。"梁志亮望着他渴求的眼光，安慰地对他说："同志，送来了医院，相信医生会处理的。"伤者按着肚子哭着说："他们不理我，只是给我包扎了一下，其他不管我，又不敷药又不做手术抢救，同志啊，求求你帮帮我，我不能死呀，我上有老下有小，家里都等我赚钱回家啊。"听着伤者的哀求声，梁志亮的同情之心更加炽热。为什么伤者进院后，还得不到及时彻底的救治？他暗下决心，一定要了解个水落石出。从急救房出来，他向民警进行初步了解，民警告诉他："梁总，现在医院都实行经济承包，谁负责医治的病人，谁就要负责收回医疗费用，如收不回要自己买单的。伤者进来后，若需要进一步检查治疗，就一定要先交押金。"听完民警的介绍，梁志亮掌握了初步原因。民警接着说："医院也没办法，因为拖欠的医疗费用太多，尤其是交通事故送来的伤者，欠费就更严重了，医院也快被压垮了，所以只能这样了。"听了民警的诉说，梁志亮陷入了深深的思索中。他内心波澜翻滚，望着苦苦哀求的重伤者，梁志亮一种强烈的责任感油然而生。国家保险公司，不就是为人民所开、为人民所办的吗？服务人民，为国家分忧，为民解难，正是我们应该做的啊！于是他问警察："肇事车辆是本市的吗？有没有购买保险？"民警从一个包里翻了翻，顺手拿出一张保险单，看了看说："梁总，是在你公司买的，机动车辆第三者责任险。司机受了轻伤，但身上只有200元，问他能不能回家筹钱交押金，他说家里也没办法，这辆货车还是借钱买的，才运输不到一个月，现在已欠亲戚朋友一身债，哪还能拿出钱呀。现在还被我们扣留着。"梁志亮接过保险单看了看，然后对曾少林说："走，我们去找主治医生。"他们向护士打听："护士同志，请问哪一位是负责人。我们是市保险公司的，想找你们领导商量工作。"护士听完后，指着对门的房间说："马主任在那里。"梁志亮很有礼貌地谢过护士，顺着她所指的位置来到了主任房里，他敲了一下房门，见一位医生正低头写东西，他走上前去，礼貌地问："请问您是马主任吗？"那位医生放下笔，抬头看了一下梁志亮说："我是，你们有什么事？"梁志亮接着说："马主任，打扰您了，我们是保险公司的干部，今天送来的4位伤者，是我们的保险客户，我想了解一下，他们的伤势情况及治疗意见。"说完梁志亮拿出工作证及自己的名片给马主任看，马主任接过名片看了看说："是保险公司的同志，这4位伤者，有两名伤势较轻，初步诊断是皮外伤，当然，因为没有作进一步检查，只能按观察判断，应没有大碍；另位两个伤势较重，除了双腿可能骨折外，可能还有内伤，但现在我们只能简单给他们包扎了一下，因为没有押金，我们没法作进一步的检查治疗，请你们理解，我也没办法，医院有规定，对住院治疗人员，一定先交押金后作治疗，如不按此执行，造成的医疗费用收不回，由主治科室负责，所以请你们理解。"听完马主任的介绍，梁志亮用商量的语气说："马主任，这4位伤者由我们公司先作个担保，押金我们尽快送来，当然不超过今天，我写个担保书，钱下午由他送来。请你们尽快给伤者抢救治疗，好吗？"梁志亮指着曾少林说。马主任想了片刻，说："那好吧，相信你们。我马上安排做各项检查。"梁志亮紧紧握住马主任的手："马主任，我代表伤者感谢您了，一定要想办法把他们救回来啊！"马主任看见梁志亮对无亲无故的伤者那么关心，也深受感动，他说："请梁总放心吧，我们会竭尽全力救治的。"

道别了马主任，梁志亮再次走到伤者面前，探望他们，他走到最重的伤者旁，用手擦去伤者脸上的泪水，亲切地告诉他："我们是江海市保险公司的，刚才我已跟医生谈好了，他们会全力救治大家，请你们放心吧。安心在医院治疗，有医生的医治，很快就会好的。有空我再来看望大家。"听了梁志亮亲人般的话语，4 位受伤者感动得满脸泪花。是啊，他们与梁志亮素不相识，他却能比亲人还亲。年纪稍大的重伤者，更是感动得语音顿失，好一会儿他才含泪用低沉的声音说："同志您是我们的救命恩人啊！"梁志亮面带笑容地说："不要客气，你们就是我们的亲人啊，好了，大家安心治疗吧。"梁志亮道别了医院，他吩咐曾少林："回去后先到财务科，借张支票送到医院交给马主任。下午到我办公室一起研究今天所见到的情况，好好琢磨琢磨我们应该怎样做。"然后又对穆小美说："小穆你把今天的情况整理好，下午通知本部在家的科长，到我办公室开个讨论会。"穆小美爽朗地回答："一定按领导吩咐去做。"穆小美对梁志亮的为人做事，充满敬意，她觉得梁志亮是一位十分难得的好领导，他对工作充满热忱，对同事对同志充满友爱，他总是迎着困难上，解决了一个又一个工作中的难题，他把从事的保险事业，当作为人民服务的桥梁，通过这座桥梁，温暖着每一个被救助人的心，把社会主义保险业，变成照耀万家的太阳……穆小美的内心，对自己的好上司充满敬意，也慢慢地被他的大爱慈善之心所感染。今天所见，她相信梁志亮肯定又有新的想法了。对此她充满期待。

　　下午2时。本部各科科长已在会议室等候。穆小美向梁志亮报告相关人员已到齐，于是梁志亮简单收拾一下办公桌上的文件，随即来到会议室，见大家已到齐，梁志亮吩咐穆小美把上午所见到的情况向大家作了汇报。随后，梁志亮作了讲话。他说："近来我从交警支队的事故伤亡统计数据中，发现一个重要问题，就是交通事故现场受伤与最后实际死亡有很大的变化，也就是说伤者送到医院多数都没救过来，为此，我们上午到医院实地了解了情况，刚才小穆已向大家报告了，我就不重复了。原来现在医院都是经济承包制，凡是需要住院治疗的病人，一律要先交押金后才能收住。大家知道交通事故送来的受伤人员许多都是危重病人，他们在抢救中是要和时间赛跑的，稍有耽误就会危及生命，事实上不是每位驾驶员都会带许多钱在身上的，一旦发生交通事故，即使把伤者送到医院，如不能交一定数额的钱作押金，而错失最佳抢救时机，那就太可惜了。我们是经营保险业的从业者，看到这些问题难道不应该深刻反思吗？因此，我有个想法，就是把保险赔偿金，真正用作危难时的救命钱，改变现在事后才给予赔付的习惯，这也是按需而动，把保险赔偿款真正用于救命解难之用。"梁志亮的话引起了参会者极大的共鸣，大部分同志认为是应该的，但落实到具体操作就有些犯难了。综合科科长蒋涛说："我支持梁总的意见。通过保险卡作为一种抵押担保信件，当事故发生后，只要车方提供保险卡押在医院，医院就可以放心医治伤者了，待康复后由我司予以结账。"蒋涛讲完后，财会科长何强说："蒋涛提的建议，有个很大的财务风险，如果保险卡作为担保信件，万一被人利用，把正常的看病住院用保险卡来担保怎么办？我们还是想出一个周全的办法为妥。"何强的意见确实需要考虑。梁志亮静心地听着大家的发言，边听边在脑海里考虑，对各种情况进行反复推敲比较，会议已进行了将近两小时，大家讨论得相当热烈，这时梁志亮抬手看了一下手表，意识到时间差不多了，而且会议情况意见基本一致，都认为这事应该做，剩下需要的是具体操作，因此他作最后总结讲话："下午这个会大家讨论得非常热烈，意见基本一致，都认为这事应该做，这一点非常重要，我认为解决交通事故伤者的救治问题，不单纯是我们一家的事，政府有关部门也是刻不容缓的，我想由我司牵头，先起草一个方案，再与公安交通管理局、市卫生局共同商量推进这项工作。方案由蒋涛负责，穆小美参与起草；主要抓住三个方向性原则：一、交通管理局，负责审定确认担保信件与肇事车辆是否吻合，如吻合在把伤者送达医院时，出示信用担保代作医疗费用押金。二、医院接到信用担保，即进行抢救和医治，但不能乱开与本事故伤者无关的药物，卫生局要对此项工作加强监督，防止无故扩大用药范围。三、保险公司对购买综合险业务的车辆，发放信用担保，并负责医疗费用结付。按此三条主线起草，限定三天完成。"会议到此结束。

第二天一上班，梁志亮来到了公司梁自成总经理办公室，趁梁总还未去主持公司的办公会议，梁志亮把近几天来到医院对交通事故伤者抢救情况，及自己的想法向梁总作了汇报，梁总十分细心地听完梁志亮的汇报，他思索了片刻，对梁志亮说："志亮，你的想法我非常支持，我们经营保险业务，不能只知道本身的经济效益，而且还要有社会责任，要有担当精神，尽管保险已开放，存在着激烈的竞争，但身为国家保险公司，我们不但要在市场竞争中赢得主动，更要胸怀大局，把人民的冷暖时刻记在心中，凡是与我们的业务有关联的社会责任，我们都应大胆地去做，更何况是抢救人民的生命这个大事呢。"听完梁总经理的一席话，梁志亮军人本色的革命豪情涌到心头，更焕发出无限的激情和干劲。他信心百倍地去努力落实此项工作。

3天后，由蒋涛、穆小美起草的《江海市交通事故伤者抢救医疗费用担保办法》已递交到梁志亮的办公桌上。梁志亮此时感觉特别满足，因为在他的努力推动下，一项造福百姓，挽救人民生命的重要工程正在孕育。他相信随着这项工作的推广实施，必定为千百个司机及家庭带来更多的保障。他抬头望着蓝天，发出了情不自禁的朗笑。

第二十七章
推出《交通事故伤者抢救医疗费用担保办法》

　　思路是已经出来了，可是如何落实呢？经过一段时间的考虑，一个完整的实施方案已初步形成，梁志亮随即召集本部各科科长及一线办事处经理会议，并在会上详细谈了他的经营管理计划。他说："自从 1988 年开始，祖国大地上，保险业独家垄断的格局被打破后，这几年我们也逐步适应和融入保险业开放的大环境之中，在市场竞争逐步加剧的当下，我们如何在市场开放竞争的汪洋大海里，学会游泳，搏击风浪，这是作为经营管理者需要认真对待的大问题。如果我们不加以重视，不思进取，不感危机，不想对策，那必定会被汪洋大海的惊涛骇浪所吞没。我们机动车辆业务部，是公司业务的长子，拥有公司业务 60% 的比重，是公司的生存业务，同时我们又是配合政府有关部门，参与社会管理，承担社会责任的主要实践者，所以我们肩上的责任重大而光荣，我们决不能辜负公司对我们的信任和期望。这几年通过我们的努力，国家保险公司地位及社会影响力在江海有了很大的提高，这就是我们的丰硕成果，一个获政府信任，获人民群众认同和赞誉的企业，必定会赢得很好的发展机会。我们应继续努力，我们经营保险业，应该把人民的需要，把保险保障的温暖及时地送到客户当中，从而作为我们工作的出发点和立足点。综上所述，当前我部在经营策略上，要准备做好如下几项工作：一是在内部管理中，本部保障各科仍然执行红蓝旗考核制度。一线经营单位人员除基本工资外，一律按多劳多得原则获取浮动奖金。二是根据新的道路交通事故法规出台后所带来的保险赔偿中的不足，推出无过错责任保险业务，这项条款已研制定稿，在近期全面上线销售。三是根据我市交通事故受伤人员，医院抢救不及时，造成死亡率高的问题，我司与市交通警察支队，市卫生局商定，在我市凡是在本公司购买了机动车辆综合险的客户，给予交通事故医疗抢救担保服务，抢救担保证已印刷，这项服务解决了交通事故发生时，由于驾驶员往往身上没有带钱，从而耽误了医院的抢救工作，造成受伤人员死亡率高等情况，今后一旦发生交通事故，造成人员受伤，只要驾驶员出示我司发给的交通事故医疗抢救担保证卡，医院就会全力抢救和医治，费用由我部结付。我部成立专门的对接科室，确保此项工作的顺利进行。"

梁志亮把当前的工作设想，向大家作了详细介绍，与会人员听了梁志亮讲话，展开了热烈的讨论，一项业务拓展的新举措，正在江海市保险公司中形成并迅速展开。

今天保险公司的大会场里，人头涌动，气氛热烈，原来要在这里召开江海市交通安全及道路事故伤亡医疗抢救办法工作会议。会议由市保险公司牵头，市公安交通管理局、市卫生局、全市医院院长及财务负责人、新闻单位有关人员参加。会议由梁志亮主持，首先由公安交通管理局刘局长讲话，他说："各位同志，各位朋友，下午好，今天在市保险公司，召开本市交通事故医疗抢救费用担保工作会议，我非常高兴，由于交通运输事业蓬勃发展，也带来了交通事故频繁发生，因交通事故引起的伤亡也急剧增加，这对我市的经济发展，对人民财产安全造成很大的影响，过去医院抢救治疗医疗费用拖欠十分严重，这种情况也一定程度上影响了受伤人员的医治，增大了死亡率。市保险公司、市公安交通管理局、市卫生局联合推出的交通事故医疗费用抢救担保办法，是一件非常好的事情，也体现了保险公司的社会担当，我希望这项工作，在大家的共同努力下，取得较好的成效。"刘局长简短的讲话，引发了与会者热烈的掌声。接着，市卫生局李局长讲话，他说："各位领导，各位朋友，大家好！今天我十分高兴，在这里召开我市交通事故伤亡，抢救费用担保办法会议，这是一件非常有意义的大好事，救死扶伤是我们医疗系统的神圣职责，由于近几年我市经济发展迅速，也带动了运输业的发展，因此交通事故造成的伤亡也不断增加，给我们医疗系统带来了很大的压力，特别是伤亡人员的抢救医疗费拖欠也相当严重，因此大大地影响了医院的运作，这种情况一旦持续下去，既影响人民群众的生活，也不利于社会的稳定。今天这一问题得到了解决，有市保险公司的担保措施，医院的后顾之忧解决了，在这里我向医疗系统的同志，提几点要求：第一，要认真履行好由市保险公司、市公安交通管理局、市卫生局发出的交通事故伤亡抢救办法工作，落实所规定的工作流程，切实执行好贯彻好。第二，要切实做好交通事故伤者的抢救医治工作，以更大的热情和干劲，救治所有交通事故受伤人员，最大限度减少死亡人员。第三，严格按照治疗原则，不能乱开与本治疗无关的其他药品，防止借船出海，无中生有，无故增加医疗费用，一旦发现有弄虚作假行为，必须严肃处理。第四，各医疗单位要积极与市保险公司合作，配合保险公司工作人员，了解查询有关工作，把医疗费用结算工作认真办理好。"

李局长讲完后，梁志亮最后发言。他说："尊敬的各位领导，各位朋友，大家好！今天邀请各位来到我们公司，参加由市保险公司、市公安交通管理局、市卫生局联合推出的《交通事故伤者抢救医疗费用担保办法》工作会议。首先让我代表本公司，向各位在座的领导和朋友，致以最亲切的问候！社会主义国家的保险公司，是人民所开，人民所办；保障人民，为人民排忧解难是我们的工作职责，也是光荣的义务。经过友好研究磋商，我们3个单位联手打造全国唯一的《交通事故伤者抢救医疗费用担保办法》，这项工作的落地，对医院医疗费用结算，有了充分的保障，这必将推动医疗系统，争分夺秒地做好事故伤者抢救工作，从而为广大交通事故受害者带来最大福祉。加快抢救医治速度，减少伤者死亡，意义十分重大，可以说是为人民做了一件大好事，我们公司将严格落实此项工作，与市公安交通管理局、市卫生局一道配合好，落实好，执行好，让这项光荣事业的大爱之花，绽放出美丽的光彩。"梁志亮饱含深情的讲话，赢得了热烈的掌声。随后由保险公司负责医疗费用结算工作人员，讲解结算工作流程，并和与会者进行了充分地交流互动，让他们掌握实务操作要领。经过一系列的充分准备，一项光荣且充满大爱的事业正式在江海市展开。

第二十八章　不寻常的较量

　　1996 年初，江海市的初春，大地正在回暖，马路两旁桃花盛开，燕语莺声。这天，梁志亮一大早便来到办公室，他倒上一杯茶水，用手擦了擦脸，因为这几天睡眠并不好，借以提提精神。这时业务管理科科长王成龙，福莲业务办事处经理李志东二人走进来，向梁志亮报告市场竞争出现的新情况。俩人坐下时，脸色显得异常气愤，梁志亮倒了两杯茶水递给他俩，并平静地说："你们今天怎么啦，谁惹你们不高兴啦？"王成龙喝了一口水，然后气愤地说："江南汽车出租公司的保险业务，保费 140 万，同行公司竟出 15％ 的手续费诱惑其公司管理人员，企图从我公司挖过去，他们公司的一名管理人员打电话告诉我的，这批业务一直都是在李志东他们办事处保的，你说气不气人，做业务哪有要手续费的？"王成龙说完，李志东接着说："现在不但这一单业务是这样，好多客户都向我们反映这情况，同行已加大在市场上争抢业务力度，我们经营保险业务这么多年了，从来不知道做业务还要支付手续费，那不是乱套了吗？"听完他俩的诉说，梁志亮的心中也波澜泛起，他心想难道市场运作模式正在发生新的变化？他非常镇静地对他俩说："我们多年来建立了广泛的业务发展网络，又积极参与政府有关部门社会管理，推出了一系列便民服务，我们还不断地自我革新，从服务意识上，通过制度建立确定了将国家保险公司为人民所想、为人民所做作为出发点和立足点的理念。从服务行动上，我们推出了一系列为人民服务的措施。我们心怀人民，心想客户的冷暖，我们一切的拓展业务策略，都牢记人民，我们保险业为人民所开、为人民所办，扎扎实实地为人民群众提供良好的服务，人民群众就会相信你，认同你，支持你。这也是我们战胜一切竞争对手的最好法宝。不管市场怎样变化，我们都要坚定为民理念不变，也许会有局部的业务受冲击，但大盘依然稳固，我们要密切关注市场情况，灵活处理好前沿发生的问题，同时要加强与客户联系，扎实做好服务工作，做到处变不惊，镇静自如。"王成龙、李志东听了梁志亮的话，感觉到豁然开朗，都表示回去之后，更加要做好与客户的联系沟通，帮助客户做好服务。送走王成龙和李志东，梁志亮回到办公桌，认真处理起有关文件，约莫过了半个小时，王成龙又敲开了梁志亮办公室的门，这次王成龙脸色更难看。他进来向梁志亮报告："梁总，不好了，有俩人找到我说要见你，我问他有什么事，他说是业务合作，我说是哪方面的业务合作？他们说是新购车辆业务，我说新购车辆业务已在我车管所办事处办理了，开展得很顺利，要怎么合作呢？他说我只是位科长，不跟我谈，非要见你。"听完王成龙的报告，梁志亮心想，已经有人惦记起新购车辆的业务了……是福走不了，是祸躲不过。人家既然找上门，自己倒要看看他怎样的打算。于是他对王成龙说："你去请他们到公司会客室去稍等，要对人客气些，我过 10 分钟去。"王成龙回应："那好吧，我去招呼他们。"说完他转身出去了。

两位来者衣冠楚楚，斯文中略显一股霸气，举止间带有唯我独尊的做派。

10 分钟后，梁志亮步入会客室。王成龙向来人介绍："这是我们公司负责机动车辆业务的总经理梁志亮同志。"梁志亮同两位一一握手："你好，欢迎欢迎！"两位客人也说："梁总，幸会幸会。"握过手后，两位客人递上名片，并自我介绍，原来来者一个叫王宜，另外一位李生才。梁志亮看了看名片，只见上面写着：中南国际科技集团公司中国区总裁，另一名是该公司中国区运营总监。两位来头不小。梁志亮十分有礼地请两位坐下谈，他说："两位贵客来到我公司，不知有何关照？"叫王宜的说："梁总，是这样，我公司在车辆管理所一侧建立了一个专门用于检测新购车辆的检验中心，凡是新购车辆上领牌照办理入户前，都必须审验后才能上牌，经省公安厅批准，今后凡是新购车辆的审检一律由该中心办理，所以这一块的车辆保险业务，也想一块代理，有我们代理这块保险业务，贵公司就无须再办理了。"听完王宜的述说，梁志亮是毫无思想准备的，面对这突如其来的情况，梁志亮很快平静下来，他沉着地说："王总你谈到的新购车辆保险业务问题，我想你也应该了解，自从党中央作出全面恢复保险业务的决定，我市的新购车辆保险业务，一直由我司承办，到现在已有 16 年了，我司对此已建立完整的服务体系，从事这项业务工作的干部员工有近百人，如果我们停止办理这一块业务，改由你们全代理，他们可能就要下岗，就面临失业回家去，所以，这件事如此之大，我是做不了这个决定的，请你们见谅。"听了梁志亮的回应，王宜接着说："现在不是改革年代吗，许多事情都在变，慢慢就会适应的，从不习惯到习惯嘛。"梁志亮也想摸清他们的真实想法，他假装心软，问道："如果都让你们代理，那代理手续费是多少呢？"王宜说："30％，这不算高的，我们在国外一般财产险业务都在 40％。"梁志亮又问："你们要做代理，要有相关合法的代理资质文件的，你们办了吗？"王宜说："我们如果没有，敢来你这里吗？"梁志亮回应道："王总，请不要误会，我没有别的意思，只是随便问问。另外这个问题，我需要向领导报告后，才能答复你们的。"王宜听了后说："那好吧，我们过两天再来，不过我提醒你，这个问题你告诉你们领导，新购车辆保险业务，我们代理是确定了的，如果贵司不合作，我们只有同别的公司合作，到时别后悔呀。"说完便告辞走了。

第二天梁志亮把此情况报告了梁自成总经理，他最后说："如果按照他们的要求，我计算了一下，大概损失三四千万。"听完梁志亮的汇报，梁总对他说："志亮呀，现在是市场经济，我公司又是合法的国家保险公司，我们经营保险业务，是国家赋予我们的权力，任何人也无权叫我们停止经营业务，至于其他机构经营保险我们管不了人家，如属违规，人民银行会监督他，总之一句话，合情、合理、合法的事可以做，反之则不可做。"听完梁自成总经理的话，梁志亮回应道："梁总，我知道该怎样掌握了。"

从梁总办公室出来，为了作更周详的准备，他又来到了人民银行非金融管理处，李处长热情地接待了他。梁志亮把昨天的情况向李处长报告，想听听李处长的意见，李处长听完后，对他说："我们也听说过这个消息，但到现在还没有接到正规的申报。梁总呀，不管市场怎样，行业秩序还是要维护的，对违规违法破坏金融秩序的行为，我们是要坚决打击的。"经过一番了解，梁志亮心中已有初步的应对计划。但他也深知，此事并不简单，看王宜和李生才，是来者不善的，但不管怎样，还是要坚持原则的。

今天梁志亮像往常一样，很早来到了公司，他想趁早上事务性工作少些，抓紧时间处理手头中的各类文件，他埋头审阅并根据实际情况和有关规定，做出相应处理，他工作效率很高，经过将近一小时的紧张阅批，已把积压好几天的各种文件处理完毕。他正想松口气，喝口水，这时业务管理科科长王成龙已推门进来，他对梁志亮说："梁总，前天来的两个人又来了，我已带他们到会议室。"听着王成龙的报告，梁志亮自然而然地说："哦，那么准时，看来很着急了。"王成龙看出梁志亮表情有些不悦，他说："要不然把他们赶走算了，真讨厌。"梁志亮接道："不！继续见见他们。你去告诉他们，我现在还有些事，暂时走不开，叫他们等等，我待一会儿去见他们。"王成龙也知道，来者有些霸道，真有点不想理他们，听完梁志亮的话，他说："好的。"说完王成龙转身出去了。王成龙走后，梁志亮点了一支烟，吸了两口，将烟雾朝天喷了喷，然后他走到窗前，拉开了挂在窗户的百叶窗，透过窗户望着办公楼前的大马路，只见到马路上人来人往，车水马龙，一派繁忙景象。地处经济特区的江海市，真是处处充满生机，人人充满斗志。而此时此刻的梁志亮，心情是复杂的，望着穿梭不息的人流、车流，一股军人坚毅顽强的精神，涌上心头，他想要用军人本色维护国家利益，任何无理的要求都要坚决抵制。想到这里，他提提神便走出了办公室，来到了会客厅。梁志亮进来后，分别与两位握过手，简单寒暄一阵，王宜就迫不及待地说："梁总，这两天考虑得如何呢？"梁志亮回应说："哦，自从前天二位来过后，我已将情况汇报给我们领导了，大概的意见是这样，你们在检测站代理新购车辆保险业务，只要是有合法的批文，我们是同意合作的，但我们经营单位已开办的业务不能停，这块业务由客户自己选择，他愿意到你们那里办，我们没意见，反之，客户选择在我经营单位办，你们也要允许，在你们那里代理的业务，我们支付代理手续费，这很通情达理吧。"听完梁志亮的讲话，王宜显然不高兴，他用有点不大好听的声音毫不客气地说："这块业务只能由我们代理，如果你们还做也行，同样要给我们手续费，不过可以减半即 15%，我们代理的按 30% 支付。"王宜显露了暴躁。梁志亮沉着应对："王总，少安毋躁，我们自己经办的业务，再向你们支付手续费，是讲不通的，也是违规的，监督部门会处罚我们的，希望你们要理解。另外目前手续费，车险最高代理费是 15%，所以你提出的 30% 我们是不能支付的，我们也咨询过人民银行，你如不信也可以过去问问嘛。"听完梁志亮的回应，王宜很不耐烦，他恶狠狠地说："新购车辆保险业务，我是尊重你们才来你公司的，我们的立场非常清楚，如果你们不配合，那咱们就走着瞧吧。走！我们不跟你谈了，简直是浪费口水。"说完气冲冲地走了。王宜、李生才走了，但这件事并没有这么简单，复杂的问题才刚刚开始，对此梁志亮已作了充分的思想准备。

与王宜闹僵已过去了十几天。这天下午，梁志亮和曾少林来交管局交通秩序处，想商谈进一步推进学生交通安全知识教育的问题。见到了该处的林处长，因为在多年的交通安全预防事故工作中，梁志亮与林处长建立了深厚的情谊，可以称得上老朋友了。但今天林处长见到梁志亮，神情显得很紧张，他把梁志亮请到办公室，然后关起门来，悄悄地问梁志亮："老梁啊，你是不是得罪人啦，前几天有人指名道姓地说你公司和你扰乱公共秩序，不支持配合社会稳定工作，当然啦，我们局领导才不信，大家合作那么多年，你老梁是怎样的，难道我们不知道吗？但是，作为老朋友，我劝你要注意些。"

听完林处长的话，梁志亮十分平静地说："谢谢老朋友，想不到真的有动作了。"听了梁志亮这话，林处长说："哦，你自己已想到了。"于是梁志亮把王宜、李生才来公司要求的事情，向林处长叙述了一遍，听完梁志亮的情况介绍，林处长深深地吸了一口烟，然后愤怒地说："是他们破坏社会秩序，还反倒扣人家帽子。"梁志亮说："为人民的利益而奋斗，就是死也会比泰山还重，没什么，想打就来吧。"从林处长办公室出来，已到了下班时间，梁志亮问了曾少林下午与秩序处其他工作人员沟通的情况，便告诉他不回公司了，把他直接送回家去。曾少林感觉到今天梁志亮有点不同以往，一般的情况梁志亮是要回公司看看再走的，今天不但没回去，而且一路上梁志亮都很沉默。看到这情况，曾少林关切地问："梁总，您身体不舒服吗？"梁志亮回说："没有什么大不了的，天塌不下来的。"听了梁志亮这番回答，曾少林感到梁总肯定心里有事，一定是压力太大了，便说："梁总，如果需要我跑腿时，您尽管吩咐，万事想开些。"梁志亮说："好兄弟，我没事的，你们要好好工作。"转眼间，车已到梁志亮的家门，他走下车，向曾少林说："你回去吧，一路要小心。"说完他径直回家去了。

推开家门，看见志坚、志和、志富都在家，晓穗在房里做作业，岳母在里屋收拾东西，妻子海丽在厨房做饭。看见梁志亮推门进来，3个弟弟说："大哥，下班啦。"梁志亮强作笑脸说："是，你们今天有空了。"说着走到书房把公文包放下，到洗手间洗了一把脸，然后与岳母打了声招呼："妈，够忙的啦。"岳母笑着回答说："哦，志亮下班了。"他走到女儿身边，用手摸了一下她的头："正在做作业呀？"见到爸爸回来，晓穗放下手中的作业，撒娇地说："爸爸，星期天你带我到东湖公园玩玩好吗？"梁志亮说："好的，我们家一起去，你好好做作业吧。"说完他走到客厅，与3个弟弟坐下，然后说："怎么今天你们都有空了？"小弟志富说："已经有一段时间没有来哥哥嫂嫂家了，刚好今天我补休，所以我打电话给志和，约他一起来，正好二哥志坚也在他那里，所以我们3个一起来了。大哥最近都好吗？"听完小弟的话，梁志亮回说："我们挺好的，志坚什么时候到江海的？老家亲人都好吗？"志坚回答："我昨天出来的，我们公司叫我出来购买一些零部件，算是公差，今天上午到了志兰家，见了咱妈，她们都挺好的，在她那里吃了中午饭，下午到志和那里，刚好志富打电话来，所以一块过来，老家亲人也好，老婆在工厂上班，两个小孩都在上学，大哥你放心吧。"听了志坚的话，梁志亮十分欣慰，看到弟、妹们各个安居乐业，现在他可以向父亲交代了。9年前，父亲突然去世，把整个家庭责任落在他这个长子身上，当时弟、妹们都在老家种地，小弟还在读小学，当时真是很难啊，后来梁志亮做了一个安排，把二妹志兰接来江海后，送她到汽车驾驶学校，学汽车驾驶，毕业后在市旅游公司做后勤工作，现已组织家庭并生了个儿子，母亲帮她带小孩。志坚和志和，也出来在一家汽车修理厂学习车辆维修，一干就是5年，志坚在老家找了个媳妇，又考虑到家中有几间老房子，梁志亮动员他回东城去，也算在老家留条根，所以在江海汽修厂，干了5年后回到老家自来水公司当了一名水电工人。志和从修理厂出来后，又到汽车驾校学会汽车驾驶，现在一家贸易公司当司机，前几年结婚成家，生了个女儿。小弟志富，父亲过世的当年，梁志亮把他接出来，从初中一年级读起直至警察学校毕业，在公安局刑警大队工作。看着自己的弟妹都已成家立业了，不知不觉自己也已40岁了，时间真快啊，转眼已步入了中年。梁志亮想起这10多年的经历，内心发出由衷的感叹。几兄弟正聊着，志富跑到厨房帮嫂子打下手，不多会儿饭菜已上桌，一家人围桌而坐，海丽不停地劝大家吃菜，几个弟弟都说"谢谢嫂子"。海丽回应："客气什么，都是一家人嘛。"在兄妹们的心里，这是世界上最好的嫂子。是啊，这些年弟、妹们无论在工作，在学习，还是在生活上，特别是每个人的婚事都是由嫂子大力支持操办的，想起这些兄弟们对嫂子发自内心的感激和敬重。吃完饭后，几个弟弟看时间不早了，告别了哥嫂回自己的家去了。

兄弟们走后，海丽把家里的卫生收拾干净，见梁志亮站在自家的阳台抽着烟，海丽判断志亮的心里肯定有事装着，在家里他一般是不抽烟的。她盘算着如何问梁志亮。梁志亮经过反复考虑，打算还是跟海丽交代一下，他已意识到没有答应王宜他们的条件，什么事情都可能会发生的。为了使家人心中有数，不至于心慌意乱，他决定把近来发生的情况告诉妻子，好让她心里有所准备。于是梁志亮丢下烟头转身回客厅，正好海丽走过来想开口问他，海丽先说："志亮呀，是不是有什么烦心的事？"梁志亮拉着海丽的手在沙发上坐下，这时岳母和女儿都回房休息了，客厅里只剩下夫妻俩，梁志亮对着海丽把近期发生的事，特别是今天下午林处长反映的情况，详细地向自己的妻子说了一遍。听完梁志亮的话，李海丽顿时紧张起来。看见妻子如此紧张，梁志亮安慰她："没什么的，一年最少三四千万，那是国家的财富呀，我不能没有原则，是我管的，我就要坚持我的原则，十几年前，战场我都上了，今日又何怕牺牲呢？"听着丈夫的诉说，海丽的思绪慢慢平静下来，并从紧张转为气愤。她说："他们怎么敢那么明目张胆，那不是等于拦路抢劫吗？"在李海丽心里，已预感到灾难就要来临。她忍不住眼泪哗哗直流说："怎么会这样呢？怎么会这样呢？"看到妻子如此悲伤，梁志亮又说："要坚强。我刚才同你说的话，是从最坏的结果打算的，可能不至于那么糟糕的，好了我们休息吧。"这一夜，夫妻俩都彻夜难眠。

第二十九章　遭陷害

　　5天后的一个上午，分公司梁自成总经理办公室，来了4个人，他们是江海市纪律检查委员会干部和江海市人民检察院干部，他们见到梁自成总经理后，主动出示工作证，其中一个叫李长成的干部是工作调查组组长，他对梁总说："我们是市纪委和市检察院派来的联合调查组，有人举报你公司总经理助理梁志亮，在处置被盗被抢车辆时，中饱私囊，侵吞大量国有资产，达几千万元，省委书记批示，要从重、从快、从严处理。此案转由我市调查处理，你是公司的主要负责人，又是党委书记，今天我们来是先同你打招呼，待会儿我们会将梁志亮带走了解情况，今天我们同你讲的话，请你保密，如泄漏后果自负。"听完李长成的话，梁自成感到非常震惊，在他心目中，梁志亮是一位非常优秀的好干部，说什么他都不会相信梁志亮会做出这样的事。于是他向李长成说："梁志亮在公司表现很优秀，为人做事从不贪利，对工作勇于开拓进取，他关心和爱护员工，作风正派，为人谦和有礼，又是部队的功臣，肯定是有人不了解他才举报的，请你们一定要实事求是啊。"李长成说："梁总你放心，我们肯定会实事求是的，不会冤枉好人的，在没有调查证据前，我们不会扣留他的，这次先跟他问问情况，如果没有特殊情况，我们很快让他回来的。现在请你通知他到这里好吗？"梁自成只好拿起桌上的电话，叫梁志亮到他这里来一下。不多会儿，梁志亮已进来，见到来人脸露严肃，便预感到大事已来临，此时梁志亮反而显得非常镇定。见面后李长成把他们的来意简述了一下，便叫梁志亮跟他们下楼，在离开梁总办公室时，梁志亮对梁自成说："梁总，麻烦你今晚打个电话同我妻子说一声，告诉她我去出差了，叫她放心吧。"梁自成双眼含泪地望着梁志亮点了点头，说："放心吧。"说完梁志亮便跟着他们下楼坐上一辆停在门口的面包车，离开了公司。

经过约半个小时的行程，汽车驶进一座不显眼的楼房，下车后他们把梁志亮带到二楼的一个房间里，该房间窗户关得严严的，房内有微弱的灯光，梁志亮被安排坐在桌前，两位审问人员与他对坐。坐下后，工作人员倒了一杯冷的白开水，放在梁志亮桌前，并有礼貌地说："梁总，请喝水。"梁志亮说了声"谢谢"，端起水杯，稍稍地喝了一小口，这时两位审问官当中的一位开始说话："梁志亮，这是我们的工作证件，请你过目。"证件递到梁志亮面前，梁志亮瞟了一眼，他心想有什么可看的。审问官严厉说："梁志亮，我们今天叫你来，是向你了解你公司被追回的被盗被抢车辆的处置情况，具体地说，追回被盗被抢车辆共多少辆，卖了多少辆，卖车所得金额多少，你要如实交代，如有隐瞒或不老实，你要承担法律责任。"听完审问官的严厉质问，梁志亮沉默了片刻，慢慢思索着，审问官见梁志亮没有马上回答，又说道："你是不是不想配合，如果是这样我们马上把你放到看守所。"梁志亮慢慢地抬起头，然后平静地说："关于被盗被抢车辆，我公司从 1987 年开始，针对当时车辆被抢被盗严重的情况，成立了机动车辆反被盗被抢科室，科名叫'反盗反抢科'，科长叫莫强，从 1987 年起他一直负责这个科的工作，这么多年来，一共追回和破获车辆案件及车辆数，我记不清楚，但处置这些车辆的途径有三个方面：一、对追回的车辆，如果未有赔付的，我们将车辆交回被保人领回；二、已经赔款的追回车辆，统一委托市机电公司拍卖，然后该公司收取一定的手续费，卖后的车款由该公司划转我司，作冲减赔款处理；三、少量车辆留作自己公司使用，但那是部门借用的，都有借条装在档案袋里。这些情况你们到我公司找莫强就清楚了，我在这里向你们保证，在处置这些车辆中，我从不插手，都是按规定办事，如有不实，我承担法律责任。"

当晚下班，梁自成亲自来到梁志亮家，他到了梁志亮家门口，轻轻敲了两下，不多会儿李海丽打开门，往外一看原来是保险公司总经理梁自成，她赶快请梁总进来，进来后李海丽请梁总坐在客厅沙发上，然后端上茶说："梁总请喝茶。"梁自成接过茶杯说："不要客气，谢谢。"这时海丽妈正在厨房忙活着，见到有客人进来，便放下手中的活儿，去到客厅与梁总打招呼，见到海丽妈，梁总很有礼貌地说："大妈，你好。"海丽对梁总说："这是我妈妈。"老人家微笑地点头回应"你好，梁总请喝茶吧。"说完她又回到厨房忙了。待海丽妈回厨房后，梁自成对海丽说："今天上午志亮去了市纪委，他们想了解一些情况，需要志亮协助，所以志亮可能去一两天，我是过来告诉你的，请你不用担心，志亮是一位好干部，我们相信他的。"听了梁总的话，李海丽已意会到什么，她悲愤地说："这些人真可恶，达不到目的就用各种手段，梁总啊，请您一定救救志亮啊，他是个好人啊。"看见李海丽十分伤心的样子，梁自成安慰道："海丽同志，请你放心，公司也会全力帮助做好有关工作的，估计志亮也会很快回来的，有什么困难，随时可以打电话给我的。"说完拿出一张自己的名片交给海丽："这是我的电话，请相信我们，志亮会没事的，放心吧。"海丽接过名片，含着眼泪说："谢谢梁总！"梁自成抬手看了一下表，然后起身告辞说："海丽同志，我还有其他事，我先走了，请你多保重吧。"说完，他走到厨房门口，对着海丽妈说："大妈我走了，多多保重呀，你忙吧。"说完大步往外走了。李海丽陪着梁自成，待他上车远去后才慢慢回家去。回到家里的海丽心情忐忑不安，不知如何是好，这时老妈已做好晚饭端上桌了，吩咐大家上桌吃饭。听到外婆喊，晓穗从书房走出来，一看外婆和妈妈哭丧着脸，感觉有点惊讶，便说："都怎么啦？都不吃饭？"外婆对她说："你爸今天不能回了，所以你妈有点不舒服，你先吃吧。"晓穗听后，满不在乎地说："爸爸肯定是公司派他出差去了呗，有什么可担忧的？"李海丽一直地担心着自己的丈夫，她生怕丈夫被人陷害栽赃，又担心他受折磨，她越想越害怕，在这恐惧中她多么需要有人帮助呀，她万般无奈之中，想起了志亮的老战友，军区情报部长建平，她想打电话给他，但又想起志亮交代，不到万不得已时不要打电话给他，可怎么办呢？她突然想起自己的小叔子志富，对，马上打电话给他，因为他是刑警，同学战友那么多，肯定是有办法的。事不宜迟，李海丽拿起电话，拨通了志富的电话……

第二天上午，梁志亮拖着疲倦的身体回到家中，开开家门，只见全家人还有小弟志富都在。看见志亮回家，全家大小无比开心，尤其是李海丽，见到丈夫开门进来，她走上前紧紧地抱着梁志亮，双眼含着泪花说："你终于回来了，我们全家都快急死了。"梁志亮轻轻地说："我没事的，不要担心嘛。"岳母见到这情形也说："志亮呀，没事就好，回来就好。"说着她端来一杯热茶给志亮喝，志亮接过热茶说："谢谢妈妈。"站在一旁的志富，看见哥嫂同心同德，互敬互谅，也高兴地说："我说嘛，大哥是我党的优秀干部，小人是害不了的。"看见志亮通红的双眼和疲倦的神态，岳母十分心痛地说："志亮呀，赶快洗个澡休息吧，肯定一天一夜没睡了。"听到老人家这么说，李海丽也催他洗澡好好休息，看见大哥已平安回来，志富也准备告辞回单位上班了，临走时志富说："大妈，大哥大嫂，我先回去上班了，有事打电话给我。"说完便告辞回单位去了。志富走后，李海丽告诉志亮："志富昨晚就在客厅沙发上过夜的，他生怕我们担惊受怕，昨晚他也打电话给纪委的同学，托他们帮忙了解一下，对方也答应了解后再告诉他。"听到这些，梁志亮也很感动，他对妻子说："兄弟就是兄弟啊。"遵照家人的劝说，梁志亮决定洗个澡，好好休息休息。昨晚确实一夜未合眼。

自从纪委和检察院开始调查案件来，车辆业务部反盗反抢科，全力配合办案小组，从数据登记，到赔案卷宗，从市机电公司拍卖款的流向，到退还保险用户核对，并对被盗被抢车辆档案和公司留用的批审流程，进行了地毯式核查。在这期间，梁志亮依然正常上班，但公司上下，各种议论蜂拥而来。有些人见到梁志亮没有过去那么热情了，有些甚至看见了都不想跟他打招呼。梁志亮又一次感到人间冷暖。但他的内心仍然很自信，这种自信来自他的清白，来源于他对工作的热情和磊落，他相信总有一天会清楚的。在这段难受的日子里，以往日常繁忙的状态有些放缓。这一天，他站在办公室的窗户旁，撩起窗帘，放眼远望，天空中蓝蓝的云彩，仿佛向他微笑，白色的鸽飞舞着，欢乐祥和，眼前幸福和平的日子，引起他无限的联想。作为一个退役军人，他深知和平的代价，此时此刻他想起了牺牲的战友，想起了培养自己、信任自己、成就自己的部队老首长们。自从转业回地方工作，一直很忙，没能抽空见见首长们，转眼已经十几年了，虽然经常有书信来往，但毕竟没能见上一面，他们都已70多岁了，想到这里，他想不如趁现在稍闲时，去省城军区老干所探望他们，借此也向老首长们作个汇报吧。主意拿定后，他向公司请了两天假，便与自己表弟刘辉，到超市买了一些零零整整的东西，考虑到首长们年纪都大了，梁志亮特别为他们购买了一些保健品和轻便舒适的运动鞋，方便老人们走路，快到元旦了，他还为他们每家准备了一份挂历等。

第二天一早，梁志亮和表弟刘辉驱车起程。江海距离省城130公里，又是高速公路，他们走了将近俩小时就来到干休所。因为昨天电话已约好，在干休所的部队老首长和家属全部到齐，共30多人。车已进入干休所，老首长们都在门口等着，这使梁志亮深受感动。车停好后，梁志亮下车依次向首长们敬礼拥抱，激动得泪水直往外流淌。是啊，已经十几年未见面了，家属们更是纷纷说道："哎，小梁胖了，成熟了。"一阵热闹后，在首长们的引领下，他们来到了干休所饭堂，因为预先订好了4桌饭菜，今天中午梁志亮在这里，请首长们一起吃个午饭，王政委拉着梁志亮的手，一定要他坐在自己身旁，这对亲如父子的战友，昔日的首长与警卫员，今日聚首格外开心。老首长头发少了白了，但精神还好，等大家坐好后，梁志亮叫刘辉把带来的酒拿出来，并和服务员一起，把每个人的酒杯斟满。不多会儿，菜上桌了，王政委先端起了酒，他非常兴奋地说："今天非常高兴，小梁从江海过来，十几年了，我们都老了，但小梁没有忘记我们，我很开心，我提议为今天的聚会干杯。"王政委和大家都一饮而尽。梁志亮更加激动，待王政委讲完后，也按捺不住拿起酒杯说："我最尊敬的各位老首长，十几年了，本应早日到首长身边汇报工作，由于各种原因拖至今日才来见面，但小梁心里时刻想着首长们，没有部队的培养，没有首长们的教育、帮助和关心，就没有我梁志亮的今天。对此，我深深地向首长们敬个礼，表示最衷心的感谢！同时我也向首长们作个汇报，回地方后，没有丢部队的脸，也没有丢军人的脸，更没有丢各位首长的脸！最后衷心祝愿首长们，身体健康！万事如意，干杯！"整个场面洋溢着部队大家庭祥和感人的气氛。

这当儿，一位老嫂子对着梁志亮大声地夸了起来："小梁呀，你转业之后为战友们做的好事，我们都清楚得很呢……你真是好样的！"梁志亮听后愣了一下，马上回过神来："老嫂子，那么一些小事您都知道，您真是我们的贴心人呀！"原来梁志亮关心战友、帮助有困难的战友解决问题渡过难关的事迹，虽然远隔千里，但一传十十传百，还是传回了部队……那是1993年7月的某天，一场山洪大雨，冲垮了大山里头的村寨，其中梁志亮当年的一位战友小房的房子也被冲垮了，战友陷入了极大的困难之中，他想起了几百公里外的老连长梁志亮，便借钱买了车票前往江海市去找他，来到保险公司大楼找到老连长梁志亮后，竟然泣不成声，梁志亮连忙安慰了小房一番，小房才把一连串遭遇向连长一一倾诉，梁志亮听后十分难过，下班时把战友领回家住，并与爱人李海丽商量后，把家中积蓄两万元交给小房，让他带回去恢复生产，重建家园……还有一次，那是 1996 年 1 月，另一名当年梁志亮连队的战士小刘，因爱人患鼻咽癌，为给她治疗，借遍了所有亲戚朋友的钱，欠下不少债务，眼看春节快到了，便硬着头皮从千里之外来到江海市找老连长梁志亮，梁志亮听后非常着急，看到战友垂头丧气、精神快要崩溃的样子，他马上与妻子商量了一下，又把家中存款两万元交给他，让小刘感动得泪流满面，紧紧握住老连长的手不放……

此刻，与老首长们相聚，有说不完的心里话，叙不完的战友情。时光过得很快，转眼已到下午时分了，梁志亮叫刘辉把账结了，并把准备好的每户一份的礼物送给各位家属们，梁志亮当着大家说："快过年了，这是我对首长们的一点心意，再次感谢首长们！"这次聚会在欢乐祥和的气氛中结束，告别了首长们，梁志亮和表弟刘辉，驾车返程，一路上梁志亮处于昏睡状态，他今天确实喝了不少酒，但见到十几年未见的老首长们，在醉睡中他仍然面带微笑。

5 天后，公司召开全司中层干部大会。主要内容是：通报这次由市纪委和市检察院，关于调查保险公司被盗被抢车辆处置情况。会议由张副总经理主持，梁自成总经理作了讲话。梁总说："这次由市纪委和市检察院联合组成调查小组，对我司被盗被抢车辆的处置情况，进行了全面彻底的调查，为期一个多月的时间，昨天联合调查组向我司反馈意见告知，从 1987 年起，到 1996 年九年间，我司对处置的车辆账目清楚，流向分明，档案完善，责任到位，没有发现私自处置、贪污舞弊问题。今天我们召开干部大会，就是向大家讲清楚，我司的被盗被抢车辆处理是合理的，梁志亮同志更是清白的。同时我也希望大家要认真工作，不要传谣、信谣。在我们的工作中，难免也有差误，但不是主观有意所为，都是可以原谅的。"梁自成总经理还对当前的工作做了安排。通过这次会议，压在梁志亮身上的包袱，总算是卸下来了。

这次会议后，梁志亮又满怀豪情地投入到火热的工作之中。

这一年的下半年，一起发生在政府机关所属车辆的交通事故引起了梁志亮的高度关注。原来，江海市公安局新购的一辆丰田四驱吉普车，在执行公务时不慎翻车坠崖，造成一死三重伤及车辆报废的重大交通事故。由于车辆是市财政拨款所购，市财政局当时只下拨了购车款，却没考虑到保险问题，没下拨购买车辆保险的款项，这次交通意外导致车辆报废，就意味着市财政几十万的直接损失。梁志亮再也坐不住了，作为共和国的保险人，他不能白白看着国有财产就这样消失……于是在接下来的一个多月的时间里，他的身影不断出现在市政府、市财政局和市交通管理局……

不久，江海市政府下发文件，为防止政府公车因未购买保险所导致撞坏、撞毁和被盗所带来的损失，今后所有由市财政局拨款购置的车辆，都必须统一在江海市保险公司购买保险后方可上路使用。那一刻，梁志亮脸上露出了一丝不为外人所察觉的欣慰的笑意，这发自内心的喜悦，也是自他被市纪委、市检察院调查以来的第一次。他之所以感到欣慰，是因为如此一来，既使地方国有（公有）资产有了保险保障，又把属于市财政这一块的全部车辆保险业务作为公司的服务范围，一举双赢，一举两利，他能不高兴吗？江海市政府和江海市保险公司联手推出的这一举措，轰动了全国，在业界引起了巨大反响。电视台还专门来到江海市，就这事采访了市财政局的领导和梁志亮。该档节目播出后，国内的保险业界第一次有了"统保"一词。

第三十章　新的突破，老领导退休

　　时光已进入到 1999 年。元旦刚过，真是新年伊始，万象更新。梁志亮升任为江海市保险公司副总经理，根据班子分工，他不再兼任机动车辆业务部总经理了，但仍然分管公司的业务工作。所谓业务工作，就是在业务经营前线"指挥打仗"的工作，责任非常重大，公司的生存与发展和业务前线战役是否打得好关系重大。

　　今天上午，他和现任的机动车辆业务部总经理曾少林驾车来到大海边。他想看看海，吹吹风，以此来寻找在业务经营上新突破的灵感。从市区到海边约 20 分钟的车程。不多会儿，他俩已来到波光粼粼的海岸边。望着无边无际的大海，是多么的澎湃和宽广，数不清的海鸥在展翅飞翔，嬉戏逗乐，它们真的是自由自在，幸福无比啊。这时曾少林指着不远处的红树林子说："梁总，你看这片红树林，它聚集了多少鸟雀呀。"梁志亮顺着他指的方向望过去，果真看见大自然给这些无忧的鸟雀，提供了多好的欢乐栖身的天堂。望着无忧无虑的鸟雀，此时此刻梁志亮脑海里提出了疑问：为什么这些鸟雀会聚集在这个地方？又为什么在这里栖息？他沉浸在思考中。他点上了一支烟，慢慢地思索着，不多会儿他找到了答案。他猛然大声说："终于找到了，得民心者，得天下。"曾少林被梁志亮突发的喊声吓了一跳，大声问："梁总，你怎么啦，什么得民心者得天下，这是什么意思呀？"梁志亮再点上一根烟，然后对曾少林说："少林呀，为什么鸟雀都喜欢聚在这片海滩树林里栖身？那是因为这里生态保护得好。我看有3个条件吸引着它们：一是有片好的林子，适合它们玩耍。二是还有赖以生存的粮食，滩涂里树林中，各种小鱼小虫够它们吃的了，可以说是衣食无忧。三是这里是保护区，不允许打猎，违者依法严惩，所以很安全。由此可见，动物与人类也是类似的，近十几年来，为什么许多人才涌到江海来？又为什么国外资本也来江海投资呢？那是因为江海市是经济特区，有相对宽松的政策环境，大家来到这里，可以尽情地发挥其聪明才智，创造出更大的经济收益，更能体现出大家的人生价值，所以造就了江海的经济不断发展，一日千里。我们公司十几年来的发展也证明了这一点。20世纪80年代初，我刚到公司，我们的经济规模才几百万，经过十几年的发展，现在我们的经济规模达到了20个亿；从开始的独家垄断经营，到现在江海市内有20多家保险公司在同台竞争，但我们的车险市场份额仍然占80%以上，为什么能站稳市场，赢得老大的地位呢？一是我们有先入为主的优势；二是赢得民心，客户认同你，百姓支持你，所以你的业务就稳固。这十几年来，我们从一开始就围绕利国利民，为老百姓排忧解难去开展工作，这是很关键的，这十几年来除了加强和制定好内部管理机制，我们还在各个层面做了许多实实在在的工作。而且我们要一如既往地继续做好服务工作，像前方的红树林一样，为更多的客户创造良好的生态，这样客户自然会找到你，就像鸟雀找到红树林一样……"

梁志亮深有感触地谈着自己的体会。曾少林也跟着梁志亮参与了十几年的经营实践，在他心里，梁志亮是一位令人钦佩的上司——他头脑敏锐，灵活有远见，他胸襟广阔，为人诚恳正直，善于创新开拓，勇于担当负责。有这样的好领导，又何惧所谓激烈的市场竞争呢！想起这些，又听了刚才梁志亮的深情话语，曾少林激动地回应说："是呀，梁总刚才总结分析得对，如果不是以前做了那么多的工作，公司就不会有这么好的今天。今后，正如您刚才所说的，我们要努力创造良好的生态，让更多的客户信任我们，认同我们，支持我们！"梁志亮很赞赏地说："很好，你有这个认识，那我们携手共同创造新的业绩吧。"他们在海岸边，看着海浪后浪推着前浪往岸上涌，听着波涛拍岸的声音，一个新的创意规划，又慢慢在梁志亮的脑海里成形……

"好嘞，我们回公司去，走！"梁志亮大声地叫上曾少林，带着新的灵感行进在回公司的路上。

第二天一上班，梁志亮便把曾少林和客户服务中心总经理陈海叫到办公室。陈海也是去年从军队转业回来的干部，他做事认真，雷厉风行，梁志亮对他十分满意。见他俩已进来，梁志亮直截了当地说："今天叫二位来，我有一个想法，就是要开发新的客户服务项目，具体地说，通过陈海你部的专线平台，为客户提供增值服务，比如，冲洗车辆、道路紧急救援，还有与各大超市、各大酒店、宾馆等，组成我司保险客户优惠服务待遇。目的就是使广大客户，在没出险时，也感受到保险公司时刻关怀着他，关照着他，从而增加客户的依存度和忠诚度。"陈海听完梁志亮的话后说："是呀，我们专线现只提供投诉、查询等服务，未能提供更多的实惠的东西给客户，我赞成搞些延伸实用的东西，但公司要投入一些钱，这个不知是否通得过。"曾少林也说："现在市场竞争激烈，其他公司在市场投放的手续费用很大，但手续费最多，也是给了业务员的，客户得不到任何的优惠，我赞成搞增值服务，压缩销售前端手续费用，调剂一部分钱，用于向外购买服务，返利给客户使用，这样一来提高我司的影响力，二来提高客户的依存度和忠诚度，我认为此事大利也。"听完两位下属的意见，梁志亮大喜，他说："你们二位目标和看法都是一致的，在不增加现行销售费用的基础上，挤出一部分钱来做好这件事，具体项目、措施你们俩进一步商讨一下，从现在起，一个月内拿出服务项目清单和实施措施，最迟两个月推出上线。我会向总经理室报告，陈海为项目负责人，曾少林配合搭档。好了，我们说干就干，出击吧！"

　　一个客户增值服务计划，就这样形成了。两个月后，它将在江海大地上全面展开，它与正在执行的多项服务一起，形成了江海市保险公司的核心竞争力，在市场竞争中，勇往直前。

　　3年后的2002年，年满60岁的总经理梁自成退休了。这位在特区建设之初，就担任江海市保险公司的总经理，在20多年的保险生涯中，他积极带领江海市保险公司，从组建到发展，业务从开始的零到如今20多亿的营业规模，从计划经济独家经营到市场全面开放，竞争日渐激烈，无数次地风吹雨打，荣辱得失，最后迎来了退休。对于他的退休，江海市保险公司员工都是依依不舍的，梁志亮更是百感交集。在欢送梁自成的会议上，班子各成员都表达了深情厚意，梁志亮也作了发言，他说："今天我们在这里欢送梁总退休，我的心里既高兴也沉重，我来到公司也有18年了，一直在梁总的教育、关心、爱护下成长，梁总是我的好领导，是我的恩人，更是我的良师益友。今天他要退休了，可以卸下工作重担，回到家中享受生活了，本是件值得庆贺的事，但本人内心深处是沉重的，因为在以后的工作中，就很难有机会向恩师请教工作了，想到这些不由无比沉重，千言万语，难以表达内心的感慨，唯有汇成最衷心的祝福，祝愿梁总身体健康，万事如意。"梁志亮说完，走到梁总面前，深深地鞠躬致谢。

　　待大家说完后，梁自成也作了简短的发言，他说："今天非常高兴，因为过两天我就可以回家休息了，我已经工作几十年了，也该休息了。但我的内心，同样也舍不得大家，尤其是成立保险公司的22年间，我们并肩作战，从无到有，从小到大，硬是把江海市保险公司发展起来了，说起来也真不容易呀……好了，今天公司已具一定规模，服务社会，服务人民的能力更强大了，希望大家和以前一样，同心同德，在新的总经理的带领下，取得更好的成绩。借此机会，我也衷心地感谢大家，向大家鞠躬致谢！最后祝大家身体健康，公司更上一层楼，谢谢！"梁自成充满深情的讲话，把欢送会推向了高潮。大家既依依不舍，又充满激动与宽慰。欢送会在热烈而难舍难分的氛围中结束。

第三十一章　砥砺前行

　　5 天以后，总公司调来一位新任总经理，他的名字叫刘以信，年龄比梁志亮大些。这位总经理最初给人们的印象是言语不多，没有废话，比较执着、主观。他来到公司在班子第一次会议上说："这次受上级之命来到江海，和大家一道工作，我本人既高兴又沉重，江海市是经济特区，是我国实行改革开放最早的地区之一，可能许多做法都有别于内地，我是从内地来，可能需要个熟识过程，希望大家互信互通，共同把公司经营好。在我没有了解熟识工作之前，班子成员原分工不变。"刘以信讲完后，第一次班子会议就结束了，这次会议虽然简短，但会议内容很明确，不失为高效明了的会议风格。会议结束后，梁志亮回到办公室，刚放下会议笔记本，这时办公桌上的电话响了，他顺手拿起电话，一听是刘总秘书打来的，通知他 10 分钟后到刘总办公室。他放下电话，自己倒上一杯水，轻轻地喝了口水，再拿出工作记事本，看看最近的工作安排提示，本周工作还是较多的，但又一想，新来的刘总据说作风比较强势，今后做工作计划，应以刘总的时间安排为基准点，余下才是自己计划的空间，否则会误事的……想着想着，时间已到，于是他迅速来到刘总办公室门口，秘书便进入刘总办公室通报，不一会儿秘书出来说："请梁总稍等一下，刘总现正在打电话。"于是梁志亮在门口的等待处，顺手拿了一张报纸阅览起来。刘总打电话时间较长，大约有十几分钟，梁志亮也难得有时间看看报纸，整整两版报纸全部阅览一遍，这时秘书过来叫梁志亮："梁总，刘总请你进去。"梁志亮来到刘总面前，刘以信看到梁志亮，便从办公桌椅起身出来，他指着办公室摆着的黑色长条沙发，请梁志亮坐下，他自己坐在与梁志亮斜对着的一个单人沙发上，这时秘书端上茶说："梁总，请喝茶。"说完便转身出去了。刘以信见梁志亮坐下后，他轻轻地喝了一口茶，然后对梁志亮说："老梁呀，今天请你来是想和你先聊聊，我从公司花名册上了解到，你今年45岁，在我们现任班子里，你是最早到公司的，已有18年了，可称得上老同志了，现在你分管公司的业务发展，可真是责任重大呢。这次来江海工作，开始领导找我谈，我的顾虑还是很大的，后来在领导的再三鼓励下，还是来了。江海是我国经济特区，是改革开放最前沿的地区之一，很多事情做法必定与内地不一样的，我是从内地来，又没有在一线干过，大部分时间都在机关，难免工作起来不怎么熟悉，以后还得请你们多支持呀。"听了刘总的话，梁志亮说："请刘总放心，我会全力支持和配合您的工作的。"待梁志亮说完，刘总又说："我这个人脾气比较耿直，有时被人认为不好商量，今后如果有什么不对的地方多多包涵。"梁志亮也说："刘总，您放心吧，我是军人出身，说话办事也比较干脆直接，如有冒犯之时，也望刘总多多谅解呀。"两个人第一次单独谈话，都比较直接实在。接下来的几天里，刘以信分别同各层面的干部进行了交谈，对江海市保险公司的情况有了一定的认识。

半月后，刘以信叫梁志亮陪他到一线经营单位看看，按照他所指定选择的 4 家支公司：两家业务规模大的，两家业务规模小的。梁志亮陪刘总先到东湖支公司。到了东湖支公司，该公司班子 3 人接到秘书的电话，早已在门口等候，刘以信他们一行 3 人下了车，梁志亮便走到刘总身边，边走边简单介绍该单位的情况，不多会儿已来到公司门口，迎候的东湖支公司班子成员便走上前来，恭敬地与刘总和梁志亮握手后，便引导刘总一行来到了该公司营业厅，只见来办理业务的人不少，又来到办公区域，略略地看了一下，最后来到公司会议室，大家在会议室坐下，茶水早已备好放在会议桌上，梁志亮便向刘以信逐个介绍东湖支公司的 3 位班子成员，然后对支公司经理说："今天刘总到咱们东湖支公司来探望大家，并想利用这个机会了解经营单位的一些实际情况，请李经理把公司的情况好好汇报下。"不知是刘以信平时就是这样的表情，还是今天哪方面做得不够，使他不开心，自从踏入该公司，刘以信便是表情严肃、不言不语，使该公司班子 3 人非常紧张。在梁志亮的提示下，该公司李经理便开始向刘以信作汇报，他说："尊敬的刘总、梁总和王秘书，首先让我代表支公司全体员工，向领导们今日莅临我支探望，表示衷心的感谢！东湖支公司共有员工 120 人，业务规模 2 亿元，在市公司的领导下，今年我们的业务增长十分喜人，员工干劲也大，去年经营效益也不错，我公司地靠江海市东边，后山处有座水库，所以称东湖。"听到此处，刘以信提问道："你们业务发展的主要积极因素和有利条件是什么？"李经理停顿片刻说："业务发展的积极因素是我们员工的积极性较高，而积极性调动，主要是公司的企业文化精神驱动；另外有利条件就是，我司品牌效应，具体地说，我们服务客户的措施很有利，比如说，理赔的前线善后工作服务，交通事故伤者抢救医疗费用担保，客户的增值服务还有其他力量等，这对我们的业务发展推动很大。"听到这里，刘总又追问："什么其他力量呀，具体些。"李经理只好补充说："比如，由于我司积极参加社会管理，参与了交通道路严格执法活动，参与了反盗反抢工作，参与了学生交通安全教育活动，等等，上述一系列的工作，得到了社会和百姓的广泛认同，形成了深刻的影响力，所以对我们业务发展是十分有利的。"听了这些，刘以信不再提问了，吩咐梁志亮到另外的经营单位去。临走时，梁志亮拍了拍李经理的肩膀说："干得不错，继续努力吧。"说完与大家握过手，便上车去了。

昨天，刘以信看了 4 个经营单位，今天梁志亮陪他继续视察后援保障部门。由于这些部门都在公司大楼办公，所以方便。梁志亮陪着刘总，来到了公司 6 楼，客户服务部就设在这里，进入到 6 楼，开放式办公区内坐着几十个专线信息收发人员，只见大家忙而不乱，秩序井然。这时，该服务部总经理陈海和他的两位副手在入口处，等候刘总一行。见到刘以信，陈海热情地与他握手，梁志亮在一旁说："刘总到这里是来看望大家的。"陈海领着刘总一行，沿着办公区域向刘总逐一介绍，当来到客户增值服务指挥平台时，刘以信停住了脚步，他问陈海："所谓的客户增值服务是什么？"陈海告诉他说："这是 3 年前，由梁总策划提出的客户增值方案，主要是向在我公司购买了车辆综合保险的客户，提供免费道路紧急救援、车辆规定数量的冲洗、车辆年检检测、大商场绿色专用通道、大酒店住宿优惠等服务，目的是保持我公司与客户的密切联系，从而增强客户的依存度和忠诚度。"听完陈海的汇报，刘以信不作声，满脸的严肃表情。视察完客户服务中心，他们又来到 4 楼的机动车辆业务部，该部总经理曾少林和各科科长站在入口两旁，欢迎刘总前来视察。见到刘总，曾少林走上前去与刘总握手，梁志亮站在一旁向大家说："刘总来看望大家了。"听到梁志亮这么说，大家鼓起掌来，场面很热烈。曾少林一边引导一边介绍了各个区域运作功能，来到了医疗费用结算科，刘以信的脚步停了下来，刘总说："谁是这个科科长？"这时穆小美走过来说："刘总，我是。"刘总见是个女同志，便用比较柔和的语调说："那好，你来介绍一下运作情况和产生的作用。"听到刘总的提问，穆小美用伶俐的语调说："交通事故伤者抢救医疗费用服务，我们已运行 10 年了，这项目的推出，大大地减轻驾驶员在遇到交通意外时所带来的费用压力，也让医院能及时有效地抢救受伤者，从而大大地减少死亡，为社会的安定祥和起到很好的作用，同时也赢得广大客户的信赖和支持，巩固和扩大我司业务发展，目前运作正常。"刘以信听完穆小美的汇报，脸上流露出难得的笑容。刘总略略地又看了下，觉得没有什么可再问的了，便要上楼回办公室，曾少林他们送至电梯口，然后向刘总挥手致意。

时间过得真快，转眼间刘以信总经理来江海工作，已 3 个多月了。几个月来他除了开会，大部分时间都在做调查研究，与大部分中层干部都分别谈过话，又到一线各经营单位去视察，他已掌握了大量的信息，有客观的，也有从自己主观意识出发的，各种情况靠他自己去判断。刘以信意识到，来到江海工作，自己必须有一套新的办法，不能仍然按现行路子来走，否则会辜负上级领导对自己的信任和期望。他在这种意念的指导下，经过 3 个月来广泛的调研和了解，一个新的方案在他的心中酝酿成形。为此他召开公司党委会进行讨论认证。

江海市保险公司党委会议室气氛严肃。今天，刘以信以党委书记的名义召开党委会，公司党委委员共 5 人，除了刘以信，还有 4 人，一位是纪检书记罗志远，两位是副总经理：梁志亮、陈少锋，总经理助理成浩。列席会议的除了党委秘书，还有一位是人力资源部总经理张劲。人员到齐后，刘以信开始讲话，他说："今天我们召开党委会议，主要内容就是要对经营管理中的一些做法进行改革和调整，这是我经过3个多月来的调查研究形成的。具体来说：第一，撤并南街支公司，把它并入东湖支公司。第二，撤并东营支公司，把它并入梧桐支公司。第三，取消参与交通安全和反盗反抢等活动。第四，取消抢救医疗费用担保。第五，员工内部按劳动合同版本，分类配置薪酬和福利待遇，即分为：A，B，C。为什么要做出这样的调整呢？首先关于撤并南街和东营两个支公司问题，因为这两个公司规模较少，分别才5000万，而其他公司规模均上亿，但大的公司和小的公司，其固定成本差不多，所以没必要支出不必要的成本，一句话就是减少固定成本支出。另外，之所以要取消参与交通、反盗反抢等社会工作，是因为据我了解光这几项工作每年要支出400万左右，社会管理有政府部门去做，我们没必要参加。再有就是抢救医疗费担保，救死扶伤是医院的责任，我们没必要同它担保，我们对被保险人认真履行合同就可以了，不必投入那么多的人力和物力。最后就是员工分类管理，应按分类配置薪酬福利，有利于调动积极性。以上方案，大家考虑一下，如果没更大的不同意见，就通过执行。"刘以信讲完后，在座的党委委员，都被这个改革调整方案惊呆了，一时间没人对此发表意见。大概是没有思想准备吧，沉默了一阵，梁志亮觉得此方案，会对公司的核心竞争力带来严重破坏，对公司发展造成严重影响，一种责任与担当油然而生，于是就刘以信提出的方案，梁志亮提出了自己的看法。

梁志亮说："听了刘总的方案，我有不同的看法。第一，关于撤销两个支公司问题，我不赞成，因为这两个公司，是去年才开业的，公司投入的装修费用也不少，场地租赁 5 年合同，如撤销投入的装修费用再加上违约金就有一笔很大的损失，另外，每一个支公司都是由小变大，它需要培育和时间的，我们应充分理解。关于不参与交通管理、反盗反抢，以及取消抢救医疗费用担保等，我认为要慎重为妥，如果算经济账，不能只看见每年支出几百万，而忽视了大账，怎么说呢？因为我们参与了社会管理，得到了广大群众的认同，扩大了社会的影响力，客户对本公司产生了极大的信任，从而对我们的业务发展帮助很大；再有，抢救医疗费用担保，这是一件利国利民的大好事，经过 10 年的运行，为交通事故的伤者提供了及时抢救的条件，挽回了无数的生命，为人民群众的安定祥和发挥了重要作用，另外从本公司的经营上看，市场开放已经有十几年了，目前我公司业务的市场份额仍然在 80% 以上，之所以市场地位那么稳固，是与我司 20 多年的经营理念分不开的，更是以社会主义国家公司的社会责任和担当精神分不开的，如果我们的经营理念，缺乏一种社会担当，只想着公司眼前的丁点儿利益，我们必将失去人民的信任和认同，就是一个普通的商业公司而已。现在我们车险业务将近 20 亿规模，一年投入个几百万用于社会管理，又有何妨？如果我们的市场份额下降百分之一个点，我们就要损失 2000 万元。综上，我是不同意刘总所提方案的。最后对员工实行分类管理还要慎重为妥，我们现在是按劳动绩效来决定收入的，如果硬要分等，我担心会撕裂20多年来公司员工的价值取向形态，造成公司企业文化毁于一旦，到那时得不偿失。"梁志亮的发言引起了刘以信的极大触动，他忍不住反驳说："按老梁你这么说，就什么都不许改了？"梁志亮怔了一下，回应说："不是什么都不能改，不好的方面可以改，但经过长期实践证明是好的，就不应该改。"这时党委会的气氛异常紧张，其他党委委员只是发表了一些中性话，面对眼前各党委委员意见不统一，特别是梁志亮所发表的意见是中肯的，鉴于这种情况，刘以信的内心也起了波澜，他意识到，自己提的方案也许有不妥之处，如果硬性通过执行，势必出现难以想象的效果，梁志亮所提意见虽然与自己的本意有冲突，但细想起来也是有道理的，自己身为一把手，要有胸怀，要善于听取不同意见，兼听者则明嘛。为了稳妥起见，他打算等考虑充分后再另行开会决定。于是刘以信说："今天所研究的方案，看来还有待商磋的地方，既然是这样，我们今天不作决定，散会后，希望大家也充分考虑下，改天我们再开会商定。"刘以信讲完后，宣布本次党委会结束。

自从上次党委会后，梁志亮的内心也泛起了波涛，他不由自主地想起了公司20年的发展过程，公司发展到今天，实属来之不易，是全体员工不断努力、奋力拼搏的结果。从20世纪80年代的独家经营，计划经济模式，到保险市场的全面开放，公司紧跟改革开放的步伐，不断摸索管理思路，不断修正调整经营方针，点滴累积经营管理经验，才形成了今天这样宝贵的精神财富和物质财富。当然公司要继续前行，改革也在所难免，关键是如何改，如何变的问题。一招不慎，全盘皆输呀。在梁志亮的内心深处，他认为经过实践检验，证明好的东西，就应该要保留。他感觉与刘总经理的沟通汇报还不够，今后必须要加强。为此之后几天，梁志亮不失时机地保持与刘以信的联系和沟通，为更好地协助刘总经理全面地分析了解公司及市场的情况，起到了很重要的作用。

几天过后，每年一次的合作单位工作交流会在保险公司大会议室召开，这次会议由保险公司牵头组织，也是刘以信到公司后，第一次参加的多个部门会议，事前梁志亮已向刘以信作了汇报，考虑到刘以信到公司任职时间不长，对情况了解不全面，所以此次会议刘以信指示仍由梁志亮来主持，视情况他再讲话。参加会议的单位和个人有，市公安局刑事侦查处黄处长，消防处李处长，交通警察支队刘队长，市卫生局李局长，市工商物价局杨局长，市交通运输局孙局长等。会议由梁志亮主持。上午9时各参会人员已到齐，由于参会代表都是与保险公司，在相关业务上合作多年的老朋友，所以会议形式采用座谈式进行。会议首先由梁志亮致辞，他首先逐一介绍了各代表后，他接着说："今天非常高兴，在本公司大楼迎来了各位领导、各位朋友前来开工作交流会，首先让我代表本公司，代表刘以信总经理，对各位莅临表示热烈的欢迎和衷心的感谢。多年来各位不遗余力地支持保险工作，在各位的支持帮助下，我司业务得到了很好的发展，同时为国家的繁荣、人民的安居乐业也作出了应有的贡献。今天我们聚集在一起，共同研究商议新一年合作，以便更好地把工作推向前进。现有请各位朋友发表良言。"梁志亮话音刚落，交通警察支队刘队长发言，他说："今天很高兴来参加这个会议，江海市是我国最先建立的经济特区之一，从1980年起到现在已经20多年了，20多年来，经过全市人民的奋斗，江海从一个边陲小镇，发展到今天成为举世瞩目的大都市，从我们负责的道路交通管理来说，随着城市的变化，我们管理的压力也不断扩大，一个城市的变化，反映最先的就是道路，道路的通行能力，道路的安全，这两点十分重要，而这些我们的感受是最深的，我记得在1987年初，我就找梁志亮同志，商量警保合作共同管理交通安全，得到了保险公司的积极响应，从那时起，我们加大了管理力度，交警们加班加点，不分昼夜，加强了巡查力度，硬是把交通事故高发态势压下来，这是很不容易的，为什么不容易呢，因为特区发展太快，道路建设满足不了运输业发展的要求，车辆通行密度大，再加上人们的交通安全观念差，导致交通事故频繁发生，车辆损坏、人员伤亡增加，这些情况不但带来了严重的经济损失，而且也给千万个家庭造成了不可挽回的灾难。面对严峻情况，保险公司伸出援助之手，给予了我们很大的支持，特别是在开展学生交通安全知识教育时，保险公司为我们解决了一些由于经费不足所导致的问题，还帮我们大大提高了管理水平。也彰显了作为国家保险公司的责任与担当。1992年由保险公司发起，我支队和卫生局参与，推出交通事故伤者抢救医疗费用担保办法，这项措施的推出，有效地提高了交通事故受伤者的抢救速度，减少了死亡，这是利国利民的大好事，在我看来也是区别国家保险公司与单纯商业保险公司的重要特点。我们从事的工作任务不同，作为国家企业自觉履行社会责任和担当，因此我们的目标是一致的。最后希望我们一如既往，密切配合，为江海市的繁荣和稳定作出我们更大的贡献。"刘队长讲完后，卫生局李局长接着说："我很赞成刘队长的意见，从 1992 年开始，推出的医疗担保办法，全市卫生战线的医护人员，密切配合，各医院积极响应，伤者的抢救速度有了根本性的提高，死亡率大幅下降，根据统计，到院伤者生存率达 98%，这是一个了不起的数字，这是生命的数字，是社会稳定，人民安居乐业的基础，社会发展了，我们的医疗保障也应该要提高。经过 10 年的运作，交通事故伤者抢救工作已十分畅顺，这是利国利民的好事，我们应该坚持下去，有些环节不足的地方，我们要携手及时解决。"公安局刑事侦查处黄处长，消防处李处长等与会人员分别联系自身工作作了讲话，最后梁志亮邀请刘以信总经理讲话，随后刘以信说："各位领导，各位朋友，刚才听了各位的发言，我感触良多，也看到了江海市各行各业，创新有为，大胆探索，不断开拓发展新局面的精神风貌，我深受教育，由于我刚到江海时间不长，很多方面了解还不全面，今后还要不断学习，也承蒙各友好单位，特别是在座的朋友，谢谢各位！"工作交流会议在坦诚友好的气氛中结束。

这一天，刘以信参加市政府会议，会议结束时已中午时分了，他估计公司饭堂已关门，于是通知司机在公司旁的餐厅吃午饭，他来到餐厅，买了一份汉堡，正吃着，餐厅这时客人不多，他就与店经理闲聊起来，并自我介绍是他们店的邻居，保险公司上班的，店经理听说他是保险公司的，而且又像领导模样，便十分热情与他攀谈起来，刘以信问他们一天营业额大概多少，是怎样管理的，工资怎么算？店经理十分坦诚地给予回答，他说："我们这个店每天平均大概营业额约15000至20000元左右，全年营业额大概500万元，我们的薪资是基本工资2000元加上提成，总的不超5000元，当然如果生意好，也会提高的。""你们在江海全市有几个店？"刘以信进一步问，"好像有30多间"店经理回应，不知不觉午餐吃完了，刘以信谢别了店经理回到办公室，他走到洗漱间，打开水龙头，冲洗了一把脸，然后自言自语地说，一个快餐店一年下来，也只有五六百万元，但在江海市设有30多间，这样算下来，总共也只是2亿元左右，而我们一年的保费营收达20多亿，支公司只设18个，平均已达1亿多，我们与快餐店同样是服务行业，同样存在激烈的市场竞争，只是经营的产品不同而已，从这角度分析，我们的分支机构并不算多，看起来梁志亮提出的意见是对的。

自从上次开过党委会后，刘以信对问题的思考更加冷静，最近他与梁志亮参加了一系列的各种会议，各种业务合作磋商，走出公司到市场，到有关联的合作机构，通过亲身经历和体验，慢慢改变了他原来的一些想法，也越发感觉到梁志亮的真诚和担当，他深深地感受到有梁志亮这样对事业无比热情、对朋友对同事表里如一的同事与搭档，是十分难得的。想到这里，他立即通知秘书，请梁志亮到他办公室来商量工作。

梁志亮接到秘书的电话，很快来到刘以信办公室，见到梁志亮进来，刘以信满脸笑容地对他说："老梁呀，上次党委会后，不知你回去后思考得如何，公司下一步应重点抓好哪方面工作，我想听听你的意见。"听完刘以信的话，梁志亮以十分诚恳的态度说："自从上次党委会后，我确实想了很多，回顾公司走过的 20 多年，一路走来，风风雨雨，可以说是历尽艰辛，从计划经济独家垄断，到保险市场的全面开放，公司也不断调整改革，但这一系列的措施，都是最大限度调动员工积极性、打赢市场竞争需要的，现在的运作架构及经营项目，是多年来几经磨炼形成的，是能适应市场需要的，我想目前工作的重点，应放在公司运营效率和运营质量提高上。通过具体制度措施，强化各单位各部门的督察，使之产生更好的效果。"梁志亮坦诚地把自己的想法向刘以信和盘托出，刘以信认真地听着，他被梁志亮提出的效率和质量所感触。他默默地推敲着效率和质量的深刻含意。一个企业如果工作效率低下、作风涣散，就必然导致质量下滑，而质量的低劣，就必定影响公司的效益，尤其是金融服务行业。此时的刘以信瞬间豁然开朗，这更加加深了他对梁志亮的信任和理解。

不久在刘以信的领导下，在梁志亮的协助下，江海市一个以抓工作效率、提高服务质量为重点的工作正在江海市保险公司掀起，通过真抓实干，保险公司也发生了根本变化，在这整个经营管理中，梁志亮始终以他军人的一腔热血，协助刘以信把江海市保险公司推向了一个崭新的高度。

一年后，梁志亮接到上级通知，他将到新的工作岗位任职，他临走前，望着保险公司高高的办公大楼，回望自己曾在这里工作过的 20 年，依依不舍，泪花如雨。

后记

　　写完《热血风华》这本书，我的心情就像农民收获了丰收的稻谷，感到无比的喜悦，那是因为我终于用自己手中笨拙的笔，弘扬与传播了曾经的军人在峥嵘岁月中的使命担当和血性阳刚。

　　我 1957 年 4 月出生于广东省增城石滩镇，是个土生土长的农村娃，童年艰苦时光，伴随着我的成长，兄弟妹妹 6 人，身为长子的我，除了读书外，还包揽了大部分的家务活，如挑水、做饭、洗衣、带弟妹、养鸡、养鹅、帮生产队放牛等。稍大一些从 14 岁起，开始担当一些较重的农活，如在自留地里浇水种菜，打菜喂猪，天还没有亮就要到集市卖菜等。正是个中辛苦，锤炼了我吃苦耐劳的坚强意志，提高了我的独立能力。到高中毕业后，为了减少家庭负担及试图改变艰苦的生活，我和村里几个青年人踏上了偷渡香港之路。书中梁志亮偷渡香港的经历，其实一定意义上也是我的亲身经历。

　　1974 年 12 月，我光荣参军入伍，来到了抗美援越前沿地——

广西凭祥。3个月的新兵训练后，随即投入到大批援越物资的转运工作。在部队期间，我努力学习，积极工作，埋头苦干，服从革命的分工，干一行爱一行，1977年还被广州军区评为"学雷锋，学硬骨头六连标兵"。10年的部队战斗生活，我始终严格要求自己，不怕苦，不怕难，不怕流血牺牲，坚决完成上级交给的各项战斗任务，多次立功受奖。10年的部队战斗生活，既磨炼了我不怕牺牲的革命斗志，又陶冶了我乐于吃苦、无私奉献的情操。

1984年3月，我作别了军营，脱下心爱的军装，转业到刚刚成立的中国人民保险深圳分公司（属人行管），从此成为深圳人民保险公司的一名"新兵"，我认真学习保险知识，创新特区保险新模式，推出医疗担保等新举措，争当深圳特区保险改革排头兵、拓荒牛。我也一步一个脚印，从人保深圳分公司业务员，业务科长到机动车辆业务部经理，分公司总经理助理，副总经理，人保控股深圳分公司总经理，党委书记，人保海南分公司总经理，党委书记。

一路走来，我要感谢我的家人，感谢他们给予我的支持和鼓励。我还要特别感谢在我成长路上，曾给予我帮助的首长、领导、战友、同事，正是他们的厚爱和支持帮助，才使我豪情满怀，敢于引吭高歌"天生我材必有用，千金散尽还复来"。

文学来源于生活。其实，在梁志亮身上，或多或少有我的影子，但又不是我的自传。小说所处的年代是一个感情纯粹的年代，也是一个艰难的年代。与梁志亮一样的那些"50"后，他们在风雨里行走而不退缩，在泥水里滚打而不抱怨，在屈辱中隐忍而不偏激，在荣耀中沉潜而不狂躁。风浪过后，心静如水，世界观与人生观被无情而又多情的岁月淬炼得无比坚实、无比成熟。因此，他们吃得香，睡得着，能吃常人不能吃之苦，能扛常人不能扛之险，这样的一个可贵的群体，已然成为当今中国社会的中坚与脊梁。

梁志亮就是这一群体中的杰出代表，他的身上，濡染着那个时代的风霜雨露，他的行止，透露着那个时代的遗风余绪，他的内心，萦绕着那个时代未尽的梦想。梁志亮，恰可作为一面镜子，为当今世界的芸芸众生映照出精神底色，以更好地认识自己，正确把握自己的生活与事业。梁志亮的故事在我心里已经酝酿很多年，似乎早已筋骨成形，伸手可触，直至退休以后的 2018 年我才开始动笔，整整花了半年多时间才完成书稿，尽管这篇小说最终的呈现未必圆满，但我已经尽力了。不足之处，也欢迎广大读者批评指正。

善待世界，善待自己，心事浩茫，也心静如水。

这正是《热血风华》中的梁志亮所持有的心态。我也将以此心态走完我的下半生。

最后衷心感谢中国华侨出版社帮助我了结出版《热血风华》一书的心愿。

单荣光

2019 年 6 月